～暗殺貴族が奴隷令嬢を育成したら、
魔術殺しの究極魔剣士に育ってしまったんだが～
3
絶対魔剣の
双戦舞曲
デュエリスト
Duelists with
The Absolute
Anti-magic
Swords

「ふむ？　動揺しているか、暗殺貴族よ？」
同じ武器。同じ武技。同じ――血統。
即ち……

（ジン先生、私――）
リネットは一つ深呼吸をして。
それからゆっくりと――ジンの顔と自分の顔の距離を縮めていく。
ジンが気づくかどうかはどうでもよくて。
これは、自分自身の気持ちを後押しする為だ。

絶対魔剣の双戦舞曲(デュエリスト)3

～暗殺貴族が奴隷令嬢を育成したら、
魔術殺しの究極魔剣士に育ってしまったんだが～

榊 一郎

HJ文庫
1075

口絵・本文イラスト　朝日川日和

Contents

Duelists with The Absolute Anti-magic Swords

第1章　皇都侵攻

――だん！

板張りの床を、強く強く、踏みしめる音が響く。

小柄な金髪の少女が、板張りの床を蹴った音とは信じ難い。

実際、それ以前の足音はそこまで大きくも鋭くもなかった。

それはつまり、この一歩が、殊更に強い意志を以て踏み出されたものであるという証だ。

それまでに積み上げてきた歩みの全てを最後に束ねて力と成す、いわばそれは、ケジメの一歩ともいうべきもの。

「――奔れ・〈閃炎〉ッ！」

涼やかな少女の声と共に振り下ろされる魔導機剣。

剣身が虚空に刻む三日月状の残像から、突如、眩い閃光が迸ったのは次の瞬間だった。

対するは――これも少女。

「――ッ！」

銀髪の長い髪の少女は、相手の魔導機剣の振り下ろしよりも先に、破魔剣と呼ばれる対魔術用の武器を掲げていた。

基本的に魔術の攻撃は『遅い』ものだ。

呪文詠唱、魔導機杖の操作、等々の手順を経ねばならない為、相手は当然、単純にこれを回避するか、あるいはもっと別の、即応性のある防御手段をとる事が出来る。

それは通常の魔術よりも遥かに素早い攻撃を可能とする魔剣術においても、同様である――が。

「――え?」

破魔剣を――魔術を破る剣を手に掲げながら、しかし銀髪の少女の顔に驚愕の表情が過ぎる。

刹那の時間とはいえ、彼女は気が付いたのだろう。

押し負けている。

押し寄せる光熱波――それは確かに、破魔剣に触れた瞬間に霧散はする。魔術の術式が解体され、その存在を維持できなくなる。

だが既に熱や衝撃として……通常の現象としてそこに存在した結果、及ぼした影響までは、もう魔力に還元できない。

魔術の無効化が間に合っていないのだ。

破魔剣の魔術解体能力を上回る圧倒的な——魔術の、否、魔力の物量。文字通りの『力押し』。

水は確かに火を消すが、轟轟と燃え盛る山火事に水を一杯や二杯かけたところでどうにもならないのと同じである。

そして次の瞬間——

「あっ……!?」

均衡が崩れ、破魔剣が弾かれる。

まさしくお手上げ——とでもいうかの様な形に、両手を撥ね上げられ、姿勢が崩れた少女に、襲い掛かる熱衝撃波。

「ルーシャっ!?」

悲鳴じみた声で叫んだのは——しかし攻撃を仕掛けた、金髪の少女の方だった。

放った彼女自身、魔術攻撃がここまでの威力になるとは思っていなかったのだろう。相手に無効化される事も承知の上で、放ったものだったのだ。

破魔剣を掲げていた銀髪の少女の身体は大きく吹き飛ばされ、無様にも板張りの床へと落ちる——

「――⁉」

――かにも見えたが。

次の瞬間、横手から飛んできた影が、銀髪の少女の描く放物線に、空中で交差する。影はそのまま少女が描く筈だった軌道を強引に折り曲げて、そのまま屋内演習場の壁に激突した。

いや。違う。

「…………」

とん、と軽い――軽すぎる程の音をたてて、銀髪の少女を抱えた影は、壁に、垂直に『着地』したのだ。

「ジン先生⁉」

壁際で事の次第を見守っていた女生徒達から声が上がる。

「――ん」

壁に『着地』した影――白い胴衣の青年は、破魔剣の少女を抱きかかえたまま、今度は音もなく床に着地した。

これもまた一瞬の出来事である。

その証拠に――その時になって、まるで思い出したかの様に、青年が先程まで羽織って

いた白い外套が、舞い落ちる枯葉の様にゆるりと床に落ちた。

空気抵抗を生じる外套を、邪魔だとばかりに青年が脱ぎ捨てた結果だ。

そして――

「ルーシャ!?　ジン先生!?」

攻撃を仕掛けた側の金髪少女は、その円らな碧い眼を潤ませながら、壁際の二人へと駆け寄った。

リネット・ガランド。

それが彼女の名前である。

「ご、ごめんなさい――」

「いや、謝る必要は無いですよ」

と『ジン先生』と呼ばれた青年が言う。

ジン・ガランド侯爵。

姓から分かる通りリネットの――いやリネットが彼の『身内』だ。

若きヴァルデマル皇国貴族の一人であり、ウェブリン女学院の杖剣術、及び新設の『魔剣術学科』教師。

黒髪と黒瞳を備え、目鼻立ちの整った青年で、物腰も穏やか、朗らかな笑顔と、侯爵と言う肩書きもあってか、女子生徒達からは非常に人気がある。

実際――

「あ、あの、ジン先生？　お、降ろし――」

と彼に抱きかかえられたままの銀髪少女が、恥ずかし気に頬を赤らめてそう訴える。

このどこか怜悧な雰囲気の、いかにも深層の令嬢といった感じの少女の名は、先に呼ばれた通りルーシャ――ルーシャ・ミニエンという。

ウェブリン女学院の学院長の孫にして、ジンの教える魔剣術の『二番弟子』である。ちなみに一番弟子はリネットだ。

ともあれ――

「――ザウア先生」

ジンはというと、ルーシャの訴えを聞いているのかいないのか、そのまま彼女を両手で抱きかかえたまま、演習場の端に控えていた白衣の女性の所に歩み寄る。

「念のために診療を」

「はいはい」

と苦笑する白衣の女性はヴァネッサ・ザウア。

ジンと同じくウェブリン女学院に所属する、保健教諭である。

わずかに目じりの下がった緑の瞳と、ルーシャ同様の、しかし緩やかに波打つ銀の髪が特徴の女性だ。

美人ではあるのだが、全体的に何処か気だるい雰囲気を纏っている為か……この少女ばかりの女学院の中に在っては殊更に『大人の成熟した色気』を感じさせる人物だった。

「あの、大丈夫、大丈夫ですから……」

と降ろされながらも赤面してそう訴えるルーシャ。

ジンに抱きかかえられたのが、とにかく恥ずかしかったらしい。

「いいなあ……」

と——壁際にいる数名の女生徒達は、ルーシャを見て呑気にそんな感想を漏らしている。

「次は私がリネットと対戦したら、やっぱり『お姫様抱っこ』してもらえるのかな？」

と——何処か悪戯っぽく言うのは、真ん中にいる赤毛の娘である。

基本的に髪型は少年の様に短く整えられているものの、同色のつけ毛と髪飾りを後頭部につけている。

他の生徒達よりも少し年齢が上の様だが、未だ少女と言っても差し障りない、愛らしい容姿で、どことなく猫を思わせる娘だった。

ミラベル・アルタモンド。

約半年前にジンの教え子になった娘だ。

表向きは子爵家の令嬢で、二年ばかり休学して田舎で静養していた為、他の生徒達よりも年齢が上、という『建前』になっている。

『身体が弱かった』というのが何の冗談かと思える程に闊達な言動の娘で、ウェブリン女学院に編入してからあれよあれよという間に、学級の中心になってしまった。

ともあれ――

「その前に瞬殺されちゃうんじゃないですか？」

と別の女生徒が笑いながら言う。

「なんだか最近、リネットの魔剣術、ものすごいですもん」

「そう。元々ミニエンさんもすごいけれど……それとは違うというか」

茶色の髪を内巻きにした髪型の、明るい雰囲気の少女が、アリエル・キャリントン。

亜麻色の髪を肩のあたりで一条に括った髪型の、少し物静かな雰囲気の少女がクラーラ・ヨーク。

「というか、どうやったらあんな威力に？」

と後頭部でくくった長い金髪を揺らしながら首を傾げる、少し大柄な少女がローレル・ギムソン。

「力の一番弟子、技の二番弟子とかそういう？　私達も修練重ねたら威力があがったりするとか？」

と利発そうな目を瞬かせ、興味深そうに首を傾げているのが、黒髪を頭の左右で一房ずつ括っている、ヨランダ・マクローリン。

彼女等もまた、ジンの弟子である訳だが……リネットよりは魔剣術を学び始めたのが数か月遅く、技術の精度でいえばルーシャには半歩及ばない。

で――

「…………」

女生徒達の会話が聞こえているのだろう、当のリネットは、といえば、ひどく困惑した表情で黙り込んでいる。アリエルらは称賛している訳なのだが、元々『魔術もまともに使えない駄目な子』として扱われてきた時期が長いだけに、褒められると戸惑いも大きいのだろう。

ましてや、親友とも言うべきルーシャをうっかり傷つけ掛けたとあっては、素直に喜べないところがあるはずで。

「――にしても」

ふとヴァネッサがジンの耳元に顔を寄せて囁く。

「ちょっとこれは、成長著しい、の一言で片づけてよいとは思えないんですけど？」

「……分かってる」

本来なら一番弟子の『成長』については喜ぶべき立場である筈のジンは——しかし、若干、顔をしかめてそう言った。

●

とりあえず演習場における魔剣術の演武——模擬戦闘は、当事者をアリエルとローレルに変更して続行される事となった。

「斬れ、〈鼬風〉！」

「弾け、〈風幕〉！」

歩法と呼吸の積み上げによって組み立てられる無音の術式。

それを用いての魔術の攻撃を——共に破魔剣で相殺。

そこからまた始まる次の魔術への立ち回り。

アリエルもローレルも、共に魔剣術を学んで一年近く、その動きは洗練されていて——

同じく魔術の得意属性が〈風〉という事もあり、まるで示し合わせて何かの踊りを踊っているかの様でもある。

そして――演習場の壁際では。

「――痛っ」

と――ヴァネッサに手当てを受けていたルーシャが短く声を上げる。

「あ、あ、ルーシャ、ご、ごめんね!?」

その様子を見て、傍に付き添っていたリネットが慌ててそう謝るものの、ルーシャ本人は苦笑を浮かべて首を振った。

「なんで謝るの。私が貴女に及ばなかっただけなんだから」

ヴァネッサの見立てによれば、骨折の類は無し、軽微な火傷が手に二か所、軽い打撲による内出血が肩に一か所、総じて軽傷、痕も残らないだろうとの事だった。

「で、でもルーシャ、私――」

「次は負けないから」

と言ってルーシャは、手を伸ばして、自分の傍らにしゃがみ込んでいるリネットの頬に触れる。

「だから、次は手加減しようとか思わないでね」

「え……?」

「手加減したら怒るわよ」

「え……あ、う、うん」

「手加減しようと思ってたでしょ！」

「お、思ってない、思ってない!!」

と慌てて両手を振るリネット。

そんな様子を横目で眺めていたジンだが――

「――ジン先生？」

声を掛けられ、歩み寄ってきたミラベルに顔を向けた。

「ちょっといいですか？」

「何でしょう？」

「――笑顔」

と言ってミラベルはジンの頬を指先でつついてくる。

「『ジン先生』じゃなくて『影斬』の顔になってますよ」

「………………」

ジンは小さく苦笑して右手で自分の口元を隠す。

「眉間の皺もですよ」

「……そっちも皇太子の顔になってないか？」

と不意に口調を切り替えてジンは言う。

「この場にいる子は全員、私の『仮面』知ってますし」

「まあそれはそうか」

とため息をつくジン。

ミラベルは——実を言えば、ヴァルデマル皇帝の子で、皇位継承権を持つ皇族の一人なのだ。

普段は双子の弟である故・クリフォード第一皇太子の『代役』をしているが、公式行事が無い時などは、こうしてウェブリン女学院にアルタモンド子爵家令嬢として通ってきているのである。

「でもルーシャやアリエル達は、ジン先生が暗殺者〈影斬〉だとは知らないでしょう？」

「……そうだな」

ジン・ガランドの裏の顔。

それは即ち——〈異界の勇者〉を祖に持つが故の、特異体質を利用して、〈暗殺業を営む暗殺貴族〈影斬〉だ。

身内であるリネットや、同じ『裏の顔』を持つヴァネッサ、そして皇族関係者はその辺

の事情を心得ているが、ウェブリン女学院の生徒達は確かに、そこまで知らされていない。

「最近は教師業が長くて忘れてたよ」

「それはいい事だと思いますけどね」

とミラベルは笑う。

「まあ顔の話はさておき。私は魔剣術を学んで未だ日が浅いので、よくわからないんですけど――」

と言いながら、ミラベルは演習場の真ん中を見遣る。

相変わらずアリエルとローレルが魔術を放っては、無効化、を繰り返していた。

「あの子達や私に教えている魔剣術、リネットに教えたものと基本的に同じものですよね？」

「そうだな。教え方はリネットの時はかなり厳しめだったが」

「なのに、あんなに……魔術の威力に差が出るものですか？」

「………」

ジンとミラベルの視線の先で、攻撃魔術が迸り、そして破魔剣がこれを無効化している。

アリエルとローレルは、先程から順調に互いの攻撃をさばいていて、リネットとルーシャの時の様な――異様な出力差による『破綻』が生じていない。基本的なやりとりは先のリネットとルーシャのものと大差ないのだが、実力が拮抗している……いや、魔術の威力が破魔剣のさばける範囲を超えていないので、上手く攻撃と防御の応酬が続いているのだ。

「元々ルーシャは魔力の少なさを技巧で補うやり方ではあったが」

とジンは再びルーシャの方を一瞥して言う。

「先程のあれは……ルーシャの魔力量は関係ない。リネットの魔術がけた違いの威力になってしまってたのが問題な訳だが」

「……ですよね」

とミラベルは頷く。

この魔剣術の習得者としては最も日が浅いが、元々かなり利発な娘なので、色々と目敏いのだ。

「リネットの魔力量が大きいのは前から分かってはいたが、どうも最近それが更に増大している様にも見える」

「でも、魔力量って基本的に、生まれ持った資質で決まるから、後から増えたりなんかしない筈ですよね？」

「そうだな。基本的に」

と頷くジン。

それはつまり――リネット・ガランドは基本ではない、例外的事例であるという事に他ならない。

ただ――

「――ジン先生」

再び声を掛けられてジンが今度はルーシャの方に眼を向ける。

簡単な診察と処置は終わったのか、ルーシャは立ち上がるとリネットと共にジンの前に歩いてきた。

「ちょっと、よろしいですか？」

「無論ですとも」

と――ミラベルに言われた事もあり、ジンは朗らかな笑顔を取り繕いながらそう応じる。

「あの。私の考えが間違っていたらそう指摘してもらえれば良いんですけど――」

と珍しく戸惑う様な様子でルーシャが言う。

「魔剣術としての精度はともかく……リネットの場合、そこに込めている魔力が、明らかに普通じゃないですよね？　先月よりも、体感ですけど二割くらいあがったみたいな」

「………」

一瞬、ジンは言葉に詰まった。

こちらもミラベル同様、元々非常に聡い少女なのだが……

(元々魔力量が少ないせいで、割を食っていた子だからな。他人の魔力量には敏感か……

これもある種の才能だな)

本来は計測用の魔導機関を用いなければ図る事の出来ない他者の魔力量を、ルーシャは感覚的に把握できている様だった。

「……そうですね」

束の間、どう応じたものかと困惑したジンだが、殊更に隠して嘘を塗り重ねると、ルーシャの信頼を──ジンだけでなく、リネットまでもが失う可能性がある。

事情の全てを説明するのは難しいが、その場しのぎの出鱈目を告げない方が良いだろう。

「元からリネットは、魔力を──暴走させる事があったのです」

「──ジン先生!?」

と驚きの声を上げるのはリネット本人である。

その辺の話は秘密にしておけと彼女に命じたのが、他ならぬジンだからなのだが──

「ルーシャ。君は知ってますね、リネットが『無能』と呼ばれて虐められていた事を」

「……はい」

とルーシャが神妙な表情で頷く。

リネットが復学してきた際、誤解からとはいえ、自分もその『虐め』の一端を担っていたという自覚があるのだろう。

「これで更に魔力を暴走させるなんて事が知られたら、リネットに対する周囲の風当たりは、ますます強くなる。だから秘密にしておけと私が命じたんですがね」

「そんな事が……」

とルーシャは眼を丸くして素直に驚いている。

「実を言えば、その暴走を防ぐ意味でもリネットに魔剣術を教え、破魔剣を与えたのですが――現状、それでもリネットの内包する魔力量は更に増えている。これが何らかの内因的なもの、つまり『病気』か、外因的な『現象』なのかは未だ判別がついてない」

「…………」

ルーシャはしばらく何か考えていた様だったが。

「あの、ジン先生？　このままリネットの魔力が高まっていけば、彼女自身に害が生じるのでは、というのは考えすぎでしょうか？」

「ルーシャ？」

とリネットがまたも驚きの声を上げる。

自分では考えてもみなかったのだろう。

だが――

「可能性は、ありますね」

とジンは頷く。

「まあ今日明日にどうこうなるとも思えないですが。それを防ぐ意味でもリネットは自主的に魔剣術の修練を重ねるように。『圧抜き』できればリネットが自分の魔力で破裂してしまう事はないでしょう」

「は、破裂……！」

とリネットは怯える様に自分の身を抱き締める。

「ただし、リネットは演武は――対戦形式の修練は控えるように。ルーシャだからあの程度で済みましたが、それこそ、未だ魔剣術を学んで半年のミラベル相手に同じ威力の魔術をあてれば、どうなるか。直接、魔術を喰らわなくても、衝撃で首の骨を折る、なんてこともあり得ますよ」

「…………！」

リネットは眼を丸くして硬直する。

（――しかし）

慌てているリネット、それをなだめるルーシャ、面白そうに二人に絡んでいくミラベルの三人を眺めながら、ジンは考える。

（これはやはり……リネットに施された何らかの『処置』の結果なのだろう）

リネットが魔術を使えない――魔力を自分の体外に術式を噛ませて物理変換し、放出する事が出来ないのは、生まれつきの様だが。

魔力量というのは、基本的に生涯、変化しないと言われている。

そして魔力は生命活動にも直結している為、肉体内に蓄積されている魔力は、魔術を使わなくても一定量は自動的に消費される。

魔術を使わないからといって魔力が貯まる一方、という事は無い。

体調の好調不調や運動量によっても体内の魔力量は多少変化するが、あくまでも多少――だ。

そしてリネットの魔力量の増大はその『多少』の域を明らかに逸脱している。

となれば、これは生まれつきのものではなく、何らかの外的要因が絡んでいると考えるべきだろう。そうでなければ、リネットはもっと幼い頃に、魔力暴走で自滅していた筈だからだ。

そして――リネットは養親に奴隷として売られてから、ジンに救出されるまでの一年余りの間、何らかの人体実験の被験体として扱われていた可能性がある。

それも――

（俺の姉、ミオの名を冠した、秘密の……恐らくは、スカラザルン帝国関係者による実験――）

それが果たして如何なるものであったのか。

現状ではわかっていないが……リネットの異常な魔力増大がその実験によるものと考える事は出来る。

「――ジン先生」

ミラベルがジンの顔を覗き込んでいる。

「――笑顔」

「…………」

ミラベルに再びそう指摘され、ジンは苦労して朗らかな笑顔を取り繕って見せた。

●

ヴァルデマル皇国首都――ヴァラポラス。
この皇都は、南北に長く、北、東、西、の三方を山に囲まれ、残る一方、即ち南側が海に面している。

山側から海に流れ込む川は三本あり、それらを利用してヴァラポラスの各所には、ある程度まで艦船が遡上出来る『運河』も設けられている。

物流経路としても、水源としてもこの三本の川と運河は重宝されており、この地理的に恵まれた条件が、ヴァラポラスが栄えている理由の一つと言われている。

そして――

「――先輩、起きてください」

ヴァラポラス南部――第二公港の管理事務所。

未だなお周囲は夜の闇に包まれている時間――港湾管理職員の一人が、仮眠台の上で眠る上司を、揺すって起こしていた。

「んあ？　あ、あ、今何時だ？」

小太りの港湾職員は、あくびをかみ殺しながら立ち上がる。

「朝の四時です。エルメランテの貨物船が来ましたよ」

「来たか。随分と気をもませやがる」

と小太りの港湾職員が唸る様に言ったのは、件の貨物船――エルメランテ共和国の大型貨物船の入港が、半日以上遅れていたからだ。

勿論、この種の大型貨物船は、入港するだけでも大騒ぎなので――荷の積み下ろしだけでも百人を超える人員が必要になる――魔術通信の定時連絡で、逐次状況を確認するのが常だ。

なのに昨日から件の貨物船とは連絡がとれずにいた。

勿論、海賊の類に襲われた、どこかで座礁した等々、何か問題が生じた可能性もあったので、報告を受けたヴァルデマル皇国の海軍が捜索に出向いていたのだが――そちらからは未だ何も連絡が来ていない。

「魔術機関の不調か何かですかね？」

と後輩の港湾職員は、自身の魔導機杖を手にして事務所の外に出ながら首を傾げる。

「まあ単に時計が壊れたとかもありうるけどな」

基本的に長距離の魔術通信は、互いに魔導機関を起動させておかねばやりとりできない。故に、時刻を先に決めておいて、同時に魔導機関を使い、通信用の魔術でやりとりする

――まさに定時連絡な訳だが。

当然、時計が壊れていたり、ずれていたりしたら、時間的に噛み合わなくなる。

「まあでもこの距離になったら通信出来るだろ」

「そうなんですけど、呼び掛けても、識別番号送ってくるだけで」

「なんだ、自分達の失敗が恥ずかしいとかか？」

苦笑しながら小太りの港湾職員も事務所の外に出る。

二人が見遣った先、水平線の彼方に、黒い影が見える。

距離がある為、今はまだ輪郭が分かる程度なのだが——

「——ん？」

「どうしました、先輩？」

「あ、ああ、いや……」

と小太りの港湾職員は頬をかきながら。

「確かあれって——〈ディアドラ〉号だよな？」

「書類ではそうなってますけど」

と後輩の港湾職員は懐に折りたたんであった書類を取り出して確認する。エルメランテ共和国との交易に使われる船舶は十数隻有るが、〈ディアドラ〉号はもうこの港湾施設に入港すること、五十回以上のいわば『馴染み客』だ。

当然、港湾職員達は〈ディアドラ〉号の外見は勿論、内部構造までよく知っている。荷物の積み下ろしや、物資の補給で、内部に立ち入る事も多いからだ。

「どうしたんです、先輩？」

「いや、形が……なんか違うような？」

「そうですか？　どこがです？」

「………」

　小太りの港湾職員はしばらく唸っていたが。

「いや、気のせいか」

　そう言って首を振る。

「寝(ね)ぼけないでくださいよ」

　と後輩が苦笑し——二人は、〈ディアドラ〉号を受け入れる為の作業をするべく、歩き出す。

　だが……この時、小太りの港湾職員はもっと自分の覚えた違和感(いわかん)を追求すべきだっただろう。

　確かにその輪郭、その外観は彼が見慣れた〈ディアドラ〉号だった。

　ではなぜ、水平線の向こうに見えるその姿に首を傾げたのか。

　——喫水線(きっすいせん)。

　水に浮かぶ船舶は、水面より上に出ている部分と下に有る部分とが存在する。この水面の上下を分ける一線を、喫水線と呼ぶのだが。

勿論、詰んでいる荷の重さや、量によって、喫水線は変わる。

だがそれでも積載限界重量というものがあり、これを超えた状態の船は、水面下部分が大きくなる為、座礁の危険が有ったり、重量物の配置によっては転覆の危険すら出てくる。

そして今、見えている〈ディアドラ〉号の喫水線は、かつてない程に高い位置になっていた。

まるで……その内部に、通常の交易品とは異なる、異常に重い何かを満載しているかの、様に。


「――そんな……事が……ありました……ですか」

●

夕刻――ガランド邸の食堂にて。

学校から帰宅したジンとリネットは、家政婦のユリシア共々、夕食をとっていた。

通常の貴族の屋敷では、家長と家政婦が同じ時間、同じ食卓で食事をとる事などまずないのだが、そもそもガランド侯爵家は色々な意味で普通ではないので、これはいつもの光景である。

「なかなか……に……由々しい……事態なの……です」

きらりと眼鏡を光らせて興味深そうに言うユリシア。

年齢不詳ながらも少女の様な外見のこの家政婦は、その装いに反して、家事よりも魔導機関の製造と調整、あるいは魔術の記述開発と分析といった方面に並みならぬ才能を有していた。

リネットらの使う魔導機剣や、破魔剣を作製したのはこのユリシアである。

当然――リネットの『異常な魔力量とそれに伴う魔術の意図せぬ威力上昇』について相談し、意見を求める相手として、これ以上の者はジンの周囲に居ない。

だが――

「…………」

「恐らく……は……リネットの……」

「…………」

「……リネットの……んん！　これは！」

とユリシアは眼鏡の奥の眼を見開いて言った。

「なんという美味！　リネット、また腕を上げましたですね！」

「ありがとうございます」

とリネットが笑いながら言うのは、この夕食を作ったのが彼女だからである。

ちなみに本来、夕食を用意すべき立場なのは家政婦たるユリシアの筈だが、彼女は料理が壊滅的に下手——というか彼女の場合、化学実験か何かと勘違いしている節がある為、ジンが厨房に立つのを禁じているのである。

ガランド邸では現在、食事の大半は、学校に持っていく弁当も含めてリネットが用意している。

ともあれ——

「食べるか、喋るかどっちかにしろ」

ジンが若干、うんざりした様子で告げると、ユリシアは溜息をついて首を振った。

「若様。料理は出来たての最も美味しい瞬間に食べるのが食材と料理人への敬意を示す最も端的な手段なのですよ。そして料理は皿に盛られたその瞬間から劣化していくのです。つまり一刻も早くこれを食する事こそが——」

「……なら調理器に顔突っ込んで食べるか？」

「で、リネットの魔力異常についてですが」

口元を拭いて平然とユリシアは言った。

「やはり例の——記憶が曖昧な時期に施された何らかの『処置』が原因と考えるべきなの

です」

「そうなるな、当然」

「リネットは元々魔力を『体外』に魔術として出せないが故に、魔力が消費されず、蓄積されやすい体質でありましたが……」

ユリシアは食器を置いて人差し指を空中でくるくる回しながら言った。これは彼女が思考をまとめる時の癖だ。

「あるいはそれを逆手にとって、魔力を内部循環させて増幅する様な処置をとっていたのかも、なのです」

「内部循環……増幅、ですか？」

とリネットは首を傾げる。

「魔力は生命力と近似だという話は前にしましたですね？」

「はい」

「人間の生命活動そのものが、思考を物理現象に変換するという意味で、最小単位の魔術とも言える訳なのですが、それはさておき。リネットの場合、肉体を頑健化させ、生じる魔力量を増やす形に、体内で発動する魔術が組み込まれている可能性があるですよ」

「………」

急に話がややこしくなってきたので、リネットは救いを求めるようにジンの方を見るが……彼は黙々と食事を続けるだけで、ユリシアの話を聞いているかどうかも怪しかった。

「前に『クリフォード様』の警護の際に、体内で発動し肉体の運用を強化する魔術を若様がリネットらに教えたですよね」

「あ、は、はい、はい、ありました、はい」

とリネットは何度も頷く。

「あれと基本的には同じなのです。あれは運動能力向上の為のものでしたが、そうではなくひたすら、『より魔力を生成しやすい肉体状態にする』魔術を、常時発動する様な形で組み込んだのではないかと」

「そ……それは……でも、何のために？」

リネットの疑問はもっともだ。

通常の形で、魔力を魔術の形で外に出せないリネットの場合、魔力をいくら生産強化して溜め込んでもあまり意味が無い。むしろため込みすぎて暴走の危険がある程だ。

「それは……」

と珍しく魔術関連の話なのに、ユリシアは一瞬、言い淀んだ。

「…………分からないのです」

「はあ……」

と肩透かしを食らった様子で苦笑するリネット。

だが彼女は気が付いていなかった。

ジンが――一瞬、目を細めたのを。

「まあ、ともあれ」

ユリシアは再び食器を手にしていった。

「若様に習った魔剣術に励んでいれば、そうそう暴走する事はない筈なのです」

「とはいえ、そろそろ魔剣術を使う場所にまで困りそうな状態でな」

とジンは香茶を一口すすって言った。

「本気で――全力でリネットが魔術を使えば、それこそ、校舎を吹っ飛ばしかねない」

「そ、そこまででは――」

「今日のルーシャに放ったあれ。破魔剣で魔術を解体した上であの威力だぞ？ ルーシャはそれこそ、絶妙の機で破魔剣を使ったというのに」

「……………」

黙り込むリネット。

「そこはこのユリシアにお任せあれ」

とガランド家の家政婦は得意げな表情で己の胸に手を添えた。

「例の魔獣――〈コロモス〉の死骸を一体、確保したですよ」

「どうやってだ？」

魔術を無効化する赤い霧――これを吐くスカラザルンの最新魔獣兵器が〈コロモス〉だ。

最新兵器だけに、ヴァルデマル皇国軍に鹵獲されては困るという事なのだろう、死体は予め仕込まれている腐敗菌によって迅速に分解されてしまう為、非常に研究資料を集めるのが困難だった。

「魔獣の死体を分解する強力な腐敗菌を、冷凍する事で活動抑制したのです。腐敗菌の活動に最適な温度というのがあるですよ。それより温度を下げてやれば、組織の分解を遅らせられるのです」

「なるほどな」

「で、例の赤い霧を吐く器官も皇宮魔術師らと解剖して調べたのですが。とりあえず例の赤い霧を一定量、確保する事には成功したのです」

「そんなもの確保してどうするんだ？」

「あれは一種、液体の粒子ですから、閉所で使えば、回収出来るですよ。だからあの赤い霧を充填した『標的』をリネットの魔術で狙えば、周囲への被害は最小限で抑え込めるです」

投射型の魔術は、その射程距離を稼ぐ為だけに相当量の魔力を消費する。しかも『標的』は〈コロモス〉の赤い霧を詰め込んだものなら、命中後の余剰威力が、他に影響を及ぼす心配もない。

「そんな都合の良い場所が——ああ。海の上か」

「はいです」

とユリシアは頷く。

「船を一隻都合して、沖合で『標的』を狙撃練習すれば、色々とはかどるのではないかと」

「軽く言ってくれるな。船一隻調達とか——実は、お前が船遊びをしたいだけじゃないのか?」

「——リネット」

ジンのツッコミを無視して、ユリシアはリネットの方を向く。

「好機なのです!」

そして握りこぶしから親指を一本立てて、そう言った。

「え? な、なにがですか?」

「船遊びにかこつけて水着を新調するですよ! 悩殺水着! 白い肌の上を滑る水滴!

朴念仁の若様もイチコロなのです！」

「……最早、隠す積りも無しか」

　眼を細めてジンが言う。

　彼はユリシアの話を冗談だと認識している様なのだが、リネットはというと、どうやらそうではないらしく。

「わ、私に出来るでしょうか⁉」

「大丈夫なのです！　いかにスカした物言いをしていても、若様は今現在、恋人や、結婚を前提にお付き合いをしている女性がいない孤独な野郎なのです！　実はこっそり性欲を持て余しているに違いないのです！」

「若い娘が『性欲を持て余す』とか言うな！」

　さすがにうんざりした様子でジンがそう怒鳴った。

●

　汽笛と共に出動する沿岸警備の小型艦艇——四隻。

　それらはゆっくりと港に入ろうとしていた〈ディアドラ〉号の周りを取り囲む様にして

展開。応じる様に停止したエルメランテ共和国の大型貨物船に横付けした。

「ヴァルデマル皇国海軍・第一沿岸警備部隊である！」

小型艦艇の甲板に立っている海軍兵がそう叫ぶ。

甲板には他にも武装した海軍兵士達がずらりと並んでいた。

「エルメランテ共和国船籍〈ディアドラ〉号！　臨検を行うので全ての魔術機関を停止して扉を開け！」

……基本的にヴァルデマル皇国の首都ヴァラポラスに隣接する港では、どれだけ過去に交易実績のある相手であったとしても、ヴァルデマル海軍が入港前に臨検する事になっている。

首都に程近いこの港に、ヴァラポラスに対して害意を抱いている船舶が侵入してしまった場合、首都が――そして何より皇城が、長距離魔術攻撃の射程に入る可能性が在るからだ。

「了承されたし！」

沿岸警備、首都防衛の為とはいえ、頻繁に繰り返された『いつものやりとり』だ。海軍兵達も武装こそしているが、特に緊張感は無い。

だが――

「……ふむ？」

小型艦艇の甲板上に立つ海軍兵達は眉を顰める。

いつもならすぐに相手の船舶から応答が有る。なのに今日に限っては相手が見える場所に出てくるのに若干の時間がかかった。

そして――

「…………」

帽子を目深にかぶった〈ディアドラ〉号の乗組員が船縁に顔を出す。

乗組員は黙って『了解』の手信号を示すと、船縁の一部を開放し、そこから伸縮式の仮設橋を伸ばしてきた。

「今日の連中は愛想が無いな」

海軍兵達は苦笑してそう言い交す。

〈ディアドラ〉号は『馴染みの客』である為、船員の多くと海軍兵達は顔見知りだ。この臨検の際にも、世間話を兼ねた挨拶を投げ合う程度の事はいつもしていたのだが。

「まあ新人が入ったんじゃないか」

「そういえばそんな季節か」

などと彼等は気楽に会話していた――が。

「……おい？」

海軍兵の一人が眼を細めて同僚(どうりょう)に注意を促(うなが)す。

「なんだあれは？　火災か？」

「――!?」

言われてみれば、〈ディアドラ〉号の甲板上で何やら煙(けむり)が膨(ふく)れ上がっていくのが見える。

いや。違う。

それは火災の際に出る煙と異なり、そのまま上昇(じょうしょう)してはいかない。むしろ甲板の上に霧の様に留(とど)まり、更には仮設橋を伝う様にしてこちらに押(お)し寄せてくるではないか。

しかも――それはゆるやかに赤みを帯びていく。

まるで普通の煙に、血煙(ちけむり)が混ざりこむかの様に。

「おい、一体――」

海軍兵達が甲板上の船員に声を掛(か)けた、その瞬間。

霧の中から現れた幾(いく)つもの異形が、仮設橋を伝って、彼等に襲(おそ)い掛かっていた。

ミラベルは元クリフォード第一皇太子の『代替』だ。

双子を忌むヴァルデマル皇国において、第一皇太子クリフォードの双子の姉として生まれた彼女は、皇女という身分を隠され、アルタモンド子爵家に養子に出された。

だがクリフォード第一皇太子に万が一の事があった場合の『代わり』として彼女は双子の弟を『演じる』訓練を積まされてきた。

それは、単に人前に出ての演技だけに止まらず、実務的な能力においてもクリフォードの『代わり』が務まる様にとの教育を受けてきたのである。

そして——現在。

「……はぁ」

皇宮ヴァラポラスの奥——クリフォード第一皇太子用に設えられた執務室。

ミラベルは執務机の上に積み上げられた大量の公務用書類を前に、手を止めて長い溜息をついた。

「どれだけため込んでたの、クリフォードは……」

そう言って机の上に突っ伏すミラベル。

先ごろ亡くなったクリフォード第一皇太子の抱えていた政務を全て引き継ぐ為、ミラベルは週に一度、ヴァラポラス宮に泊まり込み、徹夜の様な状態で書類に目を通している。

元々ミラベルらの父――現ヴァルデマル皇帝が体調不良で政務にあまり携われなくなっている為、クリフォード第一皇太子の負担は増大気味だった。

この為、この半年ばかり、クリフォード第一皇太子を演じる傍ら、ミラベルが週一でせっせと書類をさばいてもさばいても、終わりがなかなか見えてこないのである。

「クリフォード殿下は、女性関係は少々だらしないと評判でしたが、政務に関しては非常に優秀な御方でしたから」

執務室の片隅で、書類整理を手伝いながらそう言ってくるのは、銀縁眼鏡を掛けた初老の女性――重臣のサマラ・スミスである。

彼女は身分こそ庶民のままで貴族ではないが、ヴァルデマル皇室関係者の信認が厚く、政務に関しても世間的に秘密にされている様な重要部分にまで携わる権限を持っている。

ミラベルがクリフォードの『影』である事も当然、以前から承知している為、こうしてミラベルの政務を手伝っているのである。

「当然、半年といえどお仕事が滞れば、御裁可待ちの書類は膨大な数になりますよ」

「……まあそうでしょうね」

そう言って力なく机の上で両手を伸ばすミラベル。

その手が――とある書類の端に引っかかったのは、次の瞬間だった。

と声を上げても後の祭り。慌てて振った手は空を切り、書類の山の一つがばさりと机の下に落ちて広がってしまった。

「あああああ、ご、ごめんなさい？」

「いいえ、お気になさらず」

そう言ってサマラは散らばった書類を拾っていくが……いかに臣下とはいえ、自分よりもずっと年上の女性に自分の失敗の尻拭いをさせて、平然としていられる程に、ミラベルも厚顔無恥ではない。

慌てて執務机を離れて、自分も書類を拾うべく床にかがみこむ。

そこで……

「――え？」

ふと彼女は手を止めた。

書類挟の一つが開いて、その中身が見えている。そしてその文面にミラベルはよく知る名前を見出したのである。

「……『リネット』？」

そこに書かれていたのは『リネット・ホーグ』の名。

「あっ――」

（別人？　でも――）

書類挟を手に取ってよく見てみると、『リネット・ホーグ』の名と共に、『金髪』『碧眼』更に幾つかの身体的特徴が書かれており、御丁寧にも、魔術で印画紙に焼き付けられた彼女の姿も、そこには添えられていた。

間違いない。あのリネットだ。

だが――

「…………」

素早く書類をめくっていくミラベル。

何かの専門用語が頻出しており、子細に内容を理解するのは困難だったが、それが『秘匿案件』であり、社会通念上、許容されざる何かの記録だという事はすぐに理解できた。

即ち――

（スカラザルンからの亡命者？　皇室と軍の一部が秘密裏にこれを援助して……実験？　人体実験？　スカラザルンの生体加工魔術の？）

バルトルト・ゴルバーン。

スカラザルン帝国においては、七人の賢者の一人に数えられていた碩学である様だが、この男は何を思ってヴァルデマル皇国に亡命してきたのか。

そして彼の亡命を受け入れた上で、その人体実験を支援してきたヴァルデマル皇国の関係者は、何を期待していたのか。

(……このバルトルト・ゴルバーンって人はもう死んでるみたいだけど……え？　死因は実験中の事故？　リネットの……『暴走』？)

そのあたりの顛末については、多分に曖昧な表現が多い。

恐らく人体実験の責任者が死んだ事で、大慌てで計画そのものを隠蔽しにかかったのだろう。結果として、細かい事情についての記録は失われてしまったらしい。

「……ミラベル様？　どうなさいました？」

とサマラに声を掛けられて、我に返るミラベル。

彼女は——自分でも理由はよく分からなかったが、咄嗟にその書類挟を机の端に置くと、別の書類を拾い集め始めた。

●

川と海は大抵の場合に繋がっている。

その流れは山から平野へと——下へ下へと続いていき、最終的には海水と淡水が入り混じる汽水域を経て、大海原に至る。

地続きならぬ水続き。

故に——

「——おい、なんだ、なんだあれ?!」

ヴァルデマル皇国首都ヴァラポラス。

かの地には三本の川が流れているが、その中でも最も幅広だとされる西の川——ノルニオ川の川縁にて、人々が騒いでいる。

それも当然……一隻の巨大な船舶が、ノルニオ川を遡行しているからだ。

川沿いの建物の間を、船舶の影がゆっくりと移動する。

まるで建物が横滑りして動いているかの様な不思議な光景だった。

本来、巨大船舶の侵入など想定されていない川へ強引に入り込めば座礁の危険もあるというのに、その船舶は減速する様子も無く、その巨体を川にねじ込む様にして進んでいく。

明らかに異常な状態だ。

通常なら港湾警備を担当する皇国海軍がこれを阻止するだろう。

だが皇国海軍がこの巨大船舶に追随する様子も、これを制止しようとする様子も見られない。いや、そもそも皇国の海軍の姿が周囲に見えないのだ。

勿論、その巨大船舶を見て騒いでいる者達は知らない。

港湾警備の皇国海軍は、既に壊滅している事を。

そして――

「な……なんだ……!?」

ごぉんごぉんと重々しい音を立てながら、巨大船舶の甲板が開き、その下から何か長大なものが姿を現す。

まるで大きく傾いた塔か煙突の様な。

「あれって――」

大砲。そう呼ばれる――武器。いや。兵器。

軍事においては、ほぼすべての局面で魔術と魔導機関内蔵の兵器が戦闘の趨勢を決めるようになって久しい。

離れた位置にいる相手を一方的に攻撃できる魔術は、剣や槍による近接格闘を全て過去のものにした。

だが、基本的に長距離の魔術攻撃は、その距離が延びれば延びるだけ、魔力の消費が飛躍的に跳ね上がる。

この為、現代の戦争においても、攻撃対象との間にあまりに距離がある場合は、こうした魔術を使わない、純然たる火砲を用いる事も在った。

だがこの種の火砲攻撃は、防御用の魔術によって防がれてしまう事も多い。故に、火砲は魔獣兵器などと同様に、奇襲や、圧倒的物量で押し切る場合にのみ有効とされてきた。

ただ――


「――!?」

突如として鳴り響く轟音に、人々が思わずその場に身を伏せる。

大量の火薬で押し出された砲弾が、白煙の尾を引き、大きな弧を縦に描きながら、ヴァラポラスの中央へと消えていく。

そして次の瞬間。


――ッ!

もはや、それは音とすら呼び難い衝撃だった。

人々の耳を、一瞬だが聾する程の破壊的な空気の波が、幾重にもヴァラポラス全体に波紋を描く。

巨大な火柱が立ち上ったのは、更に次の瞬間だった。

閉じられた鎧戸の隙間から白い朝日が差し込んでいた。

ヴァルデマル皇国にはいわゆる『四季』がある為、日の出の時間も季節によって変わってくる。半年前なら未だ真っ暗だった時間だが、ここ最近は朝の修練の前に日は昇る。

「…………」

リネットは何度か瞬きをしてから——ふと首は動かさないように気を付けて、視線の動きだけで傍らを見る。

彼女に腕枕をしたまま、ジンは眠っていた。

わざわざジンがリネットと一緒に眠っているのは、リネットの『お漏らし』の——魔力暴走の対策としてだ。ジンは肉体そのものが破魔剣と同種の効果を発揮する為、リネットに触れた状態で眠っていれば、魔力が事象転換しにくいのである。

別にリネットがジンの恋人や愛人となって情を交わしている、という訳ではない。

その手の事に興味が無いのか、あるいは単純にリネットが趣味から大きく外れているのか、男性としての機能に何らかの問題を抱えているのか……とにかく、ジンは一年近くリネットと同じ寝台でこうして眠っているが、手を出してくる様子がまるで無い。

（本当……ジン先生ってすごい）

彼の寝顔を見つめながらそんな事を思うリネット。

別に彼の自制心の話ではない。

ジンは……自分の『眠り』を制御できるのだ。

一緒に眠る様になった当初は、リネットが眼を覚ますと必ずジンは先に起きていた。そして大抵、眠りに入るのも——ジンに激しい体術訓練を施されていた事もあって——リネットが先だった。

いつ寝ているのかと不審に思ったリネットが尋ねてみると、ジンは単にリネットが起きそうな『気配』を察して瞬間的に覚醒しているだけで、眠っていない訳ではないらしい。

「ある種の動物は交互に脳の左右を眠らせるというが。まあそれに近いか。眠っていても脳の一部は起きている状態だ。で、予め自分で定めておいた条件に合致する何かが起きた際、眠っている他の部分を起こす様に、自分自身に暗示をかけておく」

例えば——殺気を感じれば瞬間的に覚醒して対処できる様に。

「暗殺者が暗殺されては笑いものだからな」

まるでちょっとした料理のコツを語るかの様にジンは言っていたが。

リネットとしてはどうすればそんな事が出来るようになるのか、まるで分からない。

ただ――

(私が起きても眠ってるって事は、私の事、信用してくれてるんだよね……?)

最近、リネットが先に眼を覚ます事があるのは、ジンがその『覚醒条件』からリネットの起きた気配を外しているからだろう。

要するにリネットの傍で眠る事について、ジンはもう『安心してよい』と自らに気を緩めるのを許しているという事になる。

「………………」

リネットはしばらくじっとジンの横顔を見て。

それから――ゆっくり、ジンを起こさない様に気を遣いながら身を起こす。覚醒条件とは別に大きな動きをしてしまえば、やはりジンは起きてしまうからだ。

そして……

「…………」

ジンの上に覆いかぶさる様にして彼の寝顔を見つめる。

何の表情も示さない、端整な顔。

彼がどんな夢を見ているのか――無論、リネットには分からないのだが。

(ジン先生……)

彼が自分の事を生徒の一人、弟子の一人としか見ていないのは分かる。彼にとってはリネットも、その他大勢の生徒や、身の回りに居る女性と同様、恋愛や性愛の対象ではないのだ。

だが、女性の側からも同じかというと、そうではなくて。

保健教諭のヴァネッサ・ザウアは、事ある毎に自分はジンの婚約者だと吹聴しているし、ミラベルもよくジンに気が有る様な物言いをする。同じジンの弟子であるアリエルらは、どうやらデイヴィッド第二皇太子に熱を上げている様だが……

(ルーシャも……)

実はジンの事が好きなのではないか？　と思える様な言動を示す事が多々あって。

もしジンが自分に課している『制約』を取り払って誰かと恋愛する積りになった場合、積極的に『好きだ』とジンに好意を示している者の方に、彼の気持ちが向いてしまう事だってありうる訳で。

そうなったら――

「…………」

リネットは一つ深呼吸をして。

それからゆっくりと――ジンの顔と自分の顔の距離を縮めていく。

ジンが気づくかどうかはどうでもよくて。

これは、自分自身の気持ちを後押しする為だ。

自分がジンを慕っているのは、感謝とか、恩義とか、ましてや強迫観念とかからではなくて。勿論、それは最初にあったとしても、今の自分の気持ちは、それから離れた、もっと純然たる恋心なのだと確認する為に。

だから――

(ジン先生、私――)

自分の胸の内の心臓が暴れるのを感じながら、リネットはジンの寝顔に――

――轟音。

何の脈絡もなく響いた破壊的な音。

がたがたと窓の硝子や鎧戸が震え、それどころか壁や木枠に亀裂が走るのすら見える。

単なる地鳴りや落雷の音ではない。明確に衝撃波を伴う何かだった。

そして――

「――ッ⁉」

「――みぎゃっ⁉」

それに反応して発条仕掛けの様に身を起こしたジンと、リネットは顔をぶつけ合う事になった。

「――なんだ⁉」

とさすがにジンも驚いたのか、リネットが寝台から転げ落ちるのは咄嗟に手を伸ばして止めてくれたが――眼は彼女の方を向かず、周囲を調べるかの様に視線を左右に走らせている。

「ううっ……」

額を押さえながら呻くリネット。

「こ……こんなの違う……」

「――なにがだ？」

とジンはようやくリネットの方を向いてそう問うてくるが。

「な、なんでも、なんでもありません……!!」

涙目でリネットはそう答える。

ジンが気づいていないのは幸い、とりあえず『無かった事だ』と自分に言い聞かせる。

唇は触れるには触れたが――というか衝突したが――とっさの事で『どこに』だったのかもよくわからなかった。

それから……しばらくして。

「――若様っ！」

最早、二度寝でもなかろうと、ジンとリネットが互いに背を向けて着替え始めたその時――

「大変です!! 大変に大変なのです！」

慌てた様子で寝室に駆け込んできたのは、寝間着姿のユリシアである。さすがにいつもの家政婦服ではないのものの、何のこだわりか、頭に飾り布付きの髪留めはつけたままなので、絶妙におかしな感じだが――まあそれは、さておき。

「リネットとイチャイチャしてお世継ぎ作りに邁進している場合ではないのです！」

「しとらん」

「照れなくても！　お祝いに夜明けの珈琲を入れて差し上げたいのですが今は危急につき」

「その話は後回しだ、先にその『大変』な内容を言え」

眼を細めて言うジンに、ユリシアはずれかけていた眼鏡の位置を指先で直しつつ――

「――皇城ヴァラポラスと、そこに付随する軍の駐屯地に、砲撃が加えられた模様です」

そう言って寝室の窓の鎧戸を開け放す。

ガランド邸はヴァラポラスの郊外に位置し、ジンの寝室からは、遠景としてヴァラポラスの中央街区を眺める事が出来る。

そしてそこは……今、揺らめく朱と黒に彩られていた。

燃えている。炎上している。

ヴァルデマル皇国の中枢が。

だが――

「……砲撃？　魔術の遠距離攻撃ではなく、か？」

とジンが怪訝の表情を浮かべて問うた。

「ノルニオ川をどうも……交易船に偽装していた艦船が遡上して、皇城に向けて砲撃をしたらしく……皇城でも混乱していて、魔術通信の連絡が取りづらいのですが」

「……皇城を？　だが――」

「はい。砲弾に込められた火薬の爆発力で、ここまでとは考えづらいのです。また、火薬の爆発特有の臭気が確認できないのです」

「……どういう事だ？」

「恐らくは」

ユリシアは眼鏡の下でその円らな眼を細めながら言った。

「――魔術による爆発、魔導爆弾と思われます」

第2章 揚陸戦艦

未明のヴァラポラスは——大混乱に陥っていた。

「包帯、包帯が足りない——」

「エレン、エレンは何処だ!?」

「ひいいっ——ひいいいいい!?」

「水を、水を持ってこい！」

「お父さん……お父さんの足が……！」

……阿鼻叫喚とはまさにこの事だろう。

砲撃はわずかに一度。

だがその一撃はヴァラポラス中央に位置する皇城を半壊させ、その近くに置かれていたヴァルデマル皇国軍の駐屯地を壊滅させた。

余波で——全方向に広がった衝撃波で倒壊した家屋は数知れず。

窓硝子が割れる、灌木がなぎ倒される、といった比較的『軽微な』被害まで含めれば、その猛威はヴァラポラス全域に及んでいた。

しかも……砲撃の影響はそれだけではない。

巻き上げられた粉塵が辺りを漂い、首都全体がまるで灰色の霧に包まれたかの様に、見通しが利かないのだ。

皇城を――指揮系統の頂点を最初に破壊された皇国軍は組織的に動く事が出来ず、ヴァラポラス各所に居た皇国軍の部隊は、互いの位置を視認する事すら出来ない状態だ。

更に――

「どういう事だ!? 魔術通信が通らない!」

「どの部隊とも連絡が――」

「伝令兵! 伝令兵を走らせろ!」

「おい、あの朱い煙は、以前、ベニントン宮の――」

「――いかん、全員、杖剣展開――ぎゃあああっ!?」

…………

暗灰と深朱、二色が入り混じる霧――その中からスカラザルン帝国の生物兵器たる魔獣が、大挙して襲い掛かってくる。

兵士達も、そして民間人も、皆、咄嗟に魔術でこれを迎撃しようとするものの……朱い霧に触れた魔導機杖は術式を構築できずに沈黙し、人々は為す術もなく魔獣の牙や爪にかかっていく。

血が飛沫となって瓦礫の上にぶちまけられ。

悲鳴や怒号や嗚咽が霧の中で無数に交差し。

千切れた腕や足が地に転がり。

屍の上に更に屍が積み重なる。

地獄絵図そのものだ。

誰もが見慣れたヴァルデマル皇国首都の風景は、たった一発の砲弾によって全くの別物に描き替えられていた。

そして……

「──殿下！」

半壊した皇城──ヴァラポラス宮。

その一郭にて、生き残った宮廷魔術士達による防御陣が継続的に常時展開され、同じく生き残った重臣や官吏、皇族といった者達がそこに集まっていた。

「これを……！」

中庭に急ごしらえで設けられた天幕の中の『対策本部』……そこに官吏の一人が息せき

切って持ち込んだのは、宮廷魔術士らが、魔術を用いてかき集めた情報をまとめた走り書きだ。

即ち――

「これは……」

「兄上？　いかがなさいましたか？」

今……クリフォードを演じているミラベルと、その弟であるデイヴィッドは、重傷を負った今上皇帝の代わりに、全ての皇国軍の指揮を執る立場にある。

城詰の重臣ら、将軍らも一定数生き残ってはいるものの、良くも悪くも次期皇帝と目されているクリフォードが――彼を演じ続けてきたミラベルが間近にいるのであれば、無視して勝手な事は出来ない。

ともあれ――

「問題の貨物船――いや、戦艦か？　アレは船籍不明？」

「はっ――」

と官吏が頭を下げる。

「魔術通信でエルメランテ共和国と連絡はとれましたが……件の〈ディアドラ〉号は我が国の領海外で沈没しているのが、先程、確認されたそうです」

「船籍不明なものか！」

と別の官吏が叫ぶ。

「城下では例の、魔術を無効化する魔獣が暴れていると報告が出ているぞ、スカラザルンの悪魔(あくま)どもめ……！」

「いや、しかしあの魔獣は、未だ正式にスカラザルンが自国の生物兵器だとは認めておらず――」

と苛立(いらだ)たし気(げ)に言いかわす官吏達。

その様子を不安げに見ながら――

「――兄上？」

「……つまり」

クリフォードを演じているミラベルは、不安げなデイヴィッドにかいつまんで状況(じょうきょう)を説明してやる。

まず――第一に、一年前、ウェブリン女学院襲撃(しゅうげき)事件の際に存在を確認された、対魔術士用の魔獣〈コロモス〉については、その存在をスカラザルン帝国は公式に認めていない。

他にあんな生物兵器を作り出せる技術を持った国が存在しないのは衆知の事実だ。

しかしヴァルデマルのみならず、他の全ての国に対してスカラザルン帝国は『〈コロモス〉

などという魔獣の存在は我が国では確認できない』と言っており、その主張を否定する証拠も無い。

つまりあの船が大量の〈コロモス〉をヴァラポラスに放って混乱を招いているとしても、その事実を以てスカラザルン帝国の『侵略行為』あるいは『宣戦布告』とは認定できない。

「そんな――」

「しかもあの船自体が船籍不明、どこから来たのか分からないとなると、事実上、あれは『海賊』として扱われる」

「海賊……」

「あの船が自らスカラザルンの所属であると名乗るのでもない限り、これは『どこかの誰かによる海賊行為』……犯罪でしかなくなり、他国の支援は期待できない事になる」

百歩譲ってあの〈コロモス〉がスカラザルン製だという証拠があったとしても、それを運用しているのがスカラザルンであるという証拠になるとは限らない。

兵器である以上、他国に流出する事も、あるいは国外の勢力に貸与する事も有り得るからだ。

この種の欺瞞――公式に認めないからこそ、自国に責任は無い、第三者が勝手にやった事だ、とするやり方は、スカラザルン帝国の常套手段、かの国の得意とする非対称戦である。だが、国同士の戦争には良くも悪くも大義名分が必要になる以上、ヴァルデマル皇国はともかく、他国は迂闊にこの状況に手がだせなくなってしまう。

海賊の制圧と掃討はあくまで内政の、治安維持の領域。

そこに他国がでしゃばれば内政干渉の誹りを免れない。

「勿論、他国からこの『災難』に対する救援、支援、援助の申し出は出ている様だが――」

とミラベルは走り書きを読みながら言う。

「実際にそれらが到着するのは、早くても数日後だろう」

事が起きたのが早朝であるが故に、他国も状況を把握して国全体の意思決定を行うのに遅れが出ている。むしろ数日後どころか、十日経っても救援の手が何処からも差し伸べられない、という可能性もある。

何にせよ――他国の勢力に関しては、今現在、ヴァラポラスを荒らしまわっている魔獣の群れや、あの恐るべき威力の砲撃を繰り出してきた『海賊艦』の撃退には役に立たない。

「では兄上、せめてヴァラポラス外の、例えば国境付近に展開している軍を――」

とデイヴィッドが言うのは、ヴァルデマル皇国の軍事力のおよそ半分以上が、いつ攻め込んでくるかもわからない隣国スカラザルンの牽制の為、国境付近に展開しているからだ。

その圧倒的な物量、軍事力を用いれば、この状況も打開できると考えるのは当然だが

「……」

「迂闊に呼び戻せば、それこそ、これを好機とスカラザルンの軍隊が侵攻してくる。忘れたか？　我が国とスカラザルンはあくまで『休戦中』なんだ。いつ戦闘を再開してもおかしくないし、これについて開戦の大義名分も必要ない」

「……！」

「またこの状況でこちらから戦端を開いて相手を牽制する余裕もない。国境付近の軍が独自に防衛行動をとってくれてはいるだろうが」

「……で、でも！」

それでもこの恐るべき理不尽、恐るべき無法に対してデイヴィッドは納得がいかず、幼いながらもひどく憤っていた様だが――

「とにかく状況の把握が最優先だ。出来るだけ伝令兵を走らせて各所の部隊と連絡をとる。その後は――」

ミラベルは一瞬、半壊しつつも、まだ自分達の頭上にそびえているヴァラポラス城の威容を振り返り――

「この城を放棄して、ヴァラポラス内各所を移動する」

そう宣言した。

「で、ですが殿下――」

「もう一度あの砲撃を食らったら、ここにいる全員が死ぬぞ。恐らく一発目で着弾修正の為の情報は得ているだろうしな。二発目が無いという説を唱えるなら、その根拠を示せ」

「…………！」

　ミラベルの言葉に全員が息を呑む。

「父上の――陛下の移動の為の馬車なり魔導車なりを用意。可能なら他の負傷者を移動させる為の手段も確保。実用の役に立たない宝物の類は放棄して良い。火事場泥棒が出ても無視しろ。城から脱出する」

　呻く様な声で――ミラベルは、そう宣言するしかなかった。

●

　赤と灰の入り混じる、まだら模様の霧に覆われた街は、まるで悪夢の中の情景の様だった。

「…………ッ！」

　何もかもがぼやけて曖昧な中、時折迸る咆哮や悲鳴や怒声、そして物の壊れる音だけが、紛う事の無い現実だった。

迂闊に走れば、何と出くわすか分かったものではない。

だからこそルーシャは――霧を、塵煙を吸い込まぬ様に口元を布で覆いつつ、注意深く急いでいた。

その腰の左右には鞘に入った魔導機剣と破魔剣が吊られているが、後者はともかく、前者は役に立たない。霧の中に散在する赤い領域は、恐らくあの魔獣〈コロモス〉の吐く魔術殺しの吐息だ。ならば殆どの魔術はまともに発動しない。

（御祖母様……！）

ルーシャが向かっているのはウェブリン女学院である。

彼女の祖母である学院長は、諸々の雑務をこなす為に、三日ばかり前から学院に連続して泊まり込んでいる。

療養目的で田舎に――領地に引っ込んでいる母と、彼女に付き添って同じく領地に居る父に代わって、この五年ばかり、首都ヴァラポラスでルーシャを親代わりに育ててきたのは学院長だ。

この混沌たる状況で、ルーシャの脳裏に浮かんだ人間は数多かったが……ジンやユリシアが傍にいるであろうリネットや、クリフォード第一皇太子として皇城に居るであろうミラベルよりも、やはり祖母の安否が最も心配だった。

自分が傍に駆けつけて守らなければ。

自分はまだまだ若輩だが、それでもジンの下で魔剣術を学んで一年、命がけの実戦経験も二度ばかり積んでいる。全く役に立たないという事はない筈だ。

そう思ったからこそ、ルーシャはウェブリン女学院に向かったのだ。

だが……

(本当に鬱陶しい……)

思った以上に霧が濃い。

単なる粉塵とは思えない程に、それは長々と空中に留まっている。

あるいは先の大爆発は、魔術絡みの何かで……単に爆発力で土砂を巻き上げるに止まらず、霧を成すのと同様の、微粒子になるまで土砂や瓦礫を粉砕してしまったのかもしれなかった。

(魔術で除ける事もできないし……)

だからこそ人々も右往左往するばかりで、霧の中から飛び出してきた魔獣に襲われてしまうのだろう。

(〈コロモス〉に〈プリオムル〉……他にも見た事の無いのが二種類ばかり……)

ルーシャが観た限り、おおよそ三、四種類の魔獣が、ヴァラポラス中を徘徊している。

彼女自身、〈プリオムル〉には二度ばかり遭遇し、これを切り伏せてきた。

ジンから教わった、内分泌系を操作する魔術〈覚殺〉――膂力や反応速度を一時的ながらも上昇させ、感覚を鋭敏化させる方法を用いているからこそ、この霧と瓦礫に塞がれた街路でも、ルーシャは走る事が出来る訳だが。

（……ごめんなさい）

時折、霧の帳の向こうから聞こえてくる、悲鳴や怒号に胸の内でそう謝りつつ、ルーシャは先を急いだ。

感覚が鋭敏化されているからこそ、そこかしこで人々が魔獣に襲われているのも分かる。

足を止める事は簡単だ。

その悲鳴や怒号の発せられた現場に割り込むのも。

だが……自分にその悲鳴や怒号の主を助けられるかどうか分からないし、彼等にかまけていて祖母の所に駆けつけるのが遅れれば、本末転倒になってしまう。

冷酷非情と謗られようが、自分に出来る事と出来ない事は切り分けて考えねば、何も事を成せない。

良くも悪くもルーシャをして、学年首位の総合成績にまで押し上げていた優秀さとは、こうした割り切りが素早く、しかも徹底している事からもたらされたものだった。

だが――

「――!?」

不意に曲がり角から三つばかりの人影が姿を現す。

慌てて足を止めるルーシャの目の前で、その人影は奇妙な格好の不審者として結像した。

「なっ……?」

彼等は――あるいは彼女等かもしれないが――のっぺりした白い仮面を被っていた。鼻も口も無く、ただ、二か所、眼の部分だけに覗き穴らしきものが穿たれ、顎の形をなぞるような分割線が一本入っているだけの、簡素な楕円の曲面。

しかも着ているものといえば、黒くぞろりとした外套で、何やらその下に色々な品を隠し持っている様だ。あちこちが不格好に膨れている事からそれが分かる。

果たして――

「………」

その者達がルーシャをどう見たのかは分からない。

だが彼等は揃って外套の下から鉈らしき大振りの刃物を抜き放った。

まさかこの場で薪割りをしようというのではあるまい。それは間違いなく人間を傷つける為の凶器――いや武器だった。

さすがにヴァルデマル皇国軍兵士ではないだろう。

となると――

「スカラザルン兵⁉」

思わず声を上げてから――しまったと思ったがもう遅い。

霧の向こうから他にも魔獣のものらしい影が近づいてくる。

今の彼女の声を聞きつけて、集まってきたのだ。

その数――およそ十。

スカラザルン兵らしき三人を合わせて全部で十三。

「くっ……」

さすがにルーシャのさばききれる数を超えている。

魔術が使えない状況なら尚更である。近づいてくる魔獣の中には〈コロモス〉が交じっている可能性が高い。

（逃げるのも……難しい）

あちこちから――全方位から魔獣が近づいてくる。どちらに逃げても逃走経路をふさがれる。それが一体であろうと、片づけるのに手間取っていれば、他が追い付いてきて、背中から襲われる。

(今更、他の助けを求められる立場ではないし——)

自分がそもそも、他を見捨てて祖母の所に急いでいたのだ。

ならばここで他人が助けに来てくれるのを期待する資格などありはしない。

「……いいわ」

覚悟を決めたルーシャは両腰から魔導機剣と破魔剣を抜き放つ。

どちらも魔獣相手には本来の機能を発揮できないが、それでも刃物として斬り合う事は出来る。

「まずは——」

ルーシャは最初に遭遇した仮面の三人に向かい合う。

過去に二度ばかり魔獣と戦った経験と、ジンやユリシアからの教えを脳内で思い起こす。

「魔獣は基本的に受令器と呼ばれる簡易の魔導機関を脳に埋め込まれているですよ。そしてこの受令器で、魔術によって人間の命令を受け付けるように作られているです」

「〈コロモス〉相手に付け入る隙があるとすれば——奴等が吐く赤い霧は、受令器による命令受領も出来なくしてしまうという事でしょう。つまり一時的とはいえ人間の命令を受け付けない。その間の奴等は基本的に集団で運用される『兵器』ではなく個々に動く『獣』という事になります」

勿論、魔獣は命令が無くとも最低限の『調教』はされているだろう。

故にこそ――スカラザルン兵とルーシャが斬り合っている最中に、襲い掛かってくる可能性は低い。

爪を使うにせよ、牙を使うにせよ、飛び掛かる、突っ掛かる、といった獣の雑な襲い方では、勢い余ってスカラザルン兵まで巻き込みかねないからである。

つまり……スカラザルン兵と斬り合う事で、これを『盾』に使えばルーシャは魔獣からの攻撃を気にしなくて済む。

「――ッ！」

ルーシャは仮面の三人に向かって突撃。

一番手前に居た一人に魔導機剣を振り下ろす。

てっきり、相手は鉈でこれを防いでくるものだと思っていたのだが――

「――え？」

相手はまるで気にした様子も無く、自分の左肩(ひだりかた)に魔導機剣の刃(やいば)が食い込むのに任せていた。しかも次の瞬間(しゅんかん)、右手の鉈が、大きく回り込む様にしてルーシャの首を狙(ねら)って振られる。

「くっ⁉」

ルーシャは破魔剣でこれを受け止め、弾(はじ)くものの、相手の尋常(じんじょう)ならざる膂力に手がしびれるのを感じていた。

(なに、この力……⁉)

魔術で強化している自分をすらも軽々と上回る腕力(わんりょく)。

しかも――

「――⁉」

ルーシャと切り結んでいる一人の事をまるで無視して――存在していないかの様に、左右の二人が鉈を振り上げる。それどころか、〈コロモス〉らしき魔獣達(たち)までが突進(とっしん)してくるのが、視界の端(はし)に見えた。

(巻き込むのを……躊躇(ちゅうちょ)してない？)

そこまで考えて気づいた。

ベニントン宮で観た――『人間爆弾』。

この連中はあれと同じではないのか。すぐに爆発するような事はなくとも、自分達の生死など眼中にない操り人形。

「……くッ！」

次の瞬間に来る斬撃や、爪、牙による攻撃を予想して、歯を食いしばるルーシャ。一撃で死ぬのでなければ、傷を負いながらでも一矢報いる事は出来るだろう。

ならば如何にして激痛に耐えるかが重要——

「——ルーシャっ!!」

そんな叫びと共に、空を裂く音がする。

次の瞬間、ルーシャの目の前にいる三人のスカラザルン兵が揃って横に吹っ飛んでいた。

「——!?」

慌ててスカラザルン兵の方を見ると、彼等の頭部には何やら人間の腕程の太さ、長さの、鉄棒——いや、先端が尖っている事を思えば鉄串、いや鉄杭と言うべきか——が突き刺さっていた。

どこからかそれらが射出されたのだ。

どこから？

そして――

「――よく頑張(がんば)った」

そんな一言と共に、ルーシャに襲い掛かろうとしていた〈コロモス〉の頭部が、胴体(どうたい)から吹っ飛んでいく。一瞬で首を刎(は)ねられたその魔獣は、空中で姿勢が崩(くず)れ、あらぬ方向に軌道(きどう)が曲がり、近くの建物の壁に激突(げきとつ)していた。

「ジン先生⁉　リネット⁉」

振り向いたルーシャは、そこにジンと、そして彼と背中を合わせる様にして魔獣と向き合っているリネットの姿を見る事になった。

更(さら)に――

「若様！　伏(ふ)せるですよ！」

ユリシアのものと思(おぼ)しき声。

ジンとリネットがルーシャに覆いかぶさる様にして身を沈(しず)めると、次の瞬間、先のスカラザルン兵達を串刺(くしざ)しにした鉄杭が飛来――数体の魔獣に突き刺さった。

どれ程の勢いがその鉄杭に在ったのか、魔獣達はそのままスカラザルン兵達と同様に吹っ飛び、近くの建物の壁に縫(ぬ)い留(と)められる。

「あれは――」

とその威力に戦慄するルーシャの視界に、霧を掻き分けながら――比喩でもなんでもなく霧を左右に押し除けて、ユリシアの運転する魔導機車が姿を現したのは次の瞬間だった。

「え？　で、でもこの魔術が使えない霧の中で――」

魔導機車をどうやって動かしてきた？

先の鉄杭の投射も恐らく魔導機関を用いての事だろうが、これもどうやって？

確かに赤い霧は満遍なくヴァラポラスを覆っている訳ではないが、〈コロモス〉に遭遇する度に停止してしまう魔導機関など、使い物になるまい。

そんな疑問がルーシャの脳裏を過ったが。

「所詮は霧、所詮は主体無く浮遊する微粒子！」

ユリシアは魔導機車の操縦席でそう勝ち誇る。

「高圧の蒸気を噴き出してやれば、『除ける』事は容易いのです！」

「除けるって――」

だがその高圧の蒸気を作り出すのは魔術ではないのか。

そう思ったルーシャだが――

「この魔導機車の後部に詰んであるこれは」

言ってユリシアは自分の背後を指さす。

「単純に燃料を燃やして水を加熱して、導管を用いて誘導(ゆうどう)するだけのものなのです。焚火(たきび)にくべる薬缶(やかん)と大差なく、魔術も魔導機関も関係ありませんですよ」

「――だそうだ」

とジンが言いながら、身を起こし、残りの魔獣を掃討にかかる。

〈プリオムル〉と思しき魔獣が二体、彼の左右から襲い掛かるが――それらは共に彼の服の袖口(そでぐち)から迸った投擲短剣(スローイングダガー)を食らって姿勢を崩したところを、彼の〈影斬〉に横薙(よこな)ぎされ、上半分と下半分に分かれて地面の上に跳(は)ねた。

「元々は過熱水蒸気で料理する為のものだ。うちは魔導機関を用いない調理器が多いからな……」

と呟(つぶや)く様に言うジン。

「この手の代物(しろもの)は予備も含めて幾(いく)つもある」

「――ルーシャ、大丈夫(だいじょうぶ)!?」

と彼女の傍(そば)に寄り添(そ)いながらも、剣を構えてリネットが問うてくる。

「大丈夫。ありがとう、リネット」

自分も改めて剣を構えて身を起こしながら、ルーシャはそう言った。

「本当に、ありがとう。こんな場で貴女に助けてもらえるなんて思わなかった」

偶然にしては出来すぎではあるのだが――そもそもどうしてこの時、この場に、ジンやリネットが居るのか。

そうルーシャは疑問に思ったが。

「皇城とウェブリン女学院に向かう途中だったの」

リネットはそう答えてきた。

「どっちもガランド邸からは同じ方向だし、学院は非常時の避難場所にも指定されているでしょう？　学校の生徒や職員が来ている可能性があったから……」

「それはひょっとしてジン先生が？」

「うん」

「………」

ルーシャは剣を振って魔獣の血糊を落としているジンの方に眼を向ける。彼はいつも通りの様子で、殊更にルーシャの方を気にする様子も無いが……。

（……こんな時まで、私達の事、気にかけてくれてるんだ）

この非常時、自分の命すら危ないかもしれない状況で、単なる職場の同僚や、単なる教え子の安否を気遣える教師が、果たしてどれだけいるだろうか。

無論、それは元々自身が剣士として常識外れに強く、更にはユリシアという有能極まりない魔術士と、リネットという優秀な一番弟子を仲間に抱えている――そんなジン・ガランド侯爵であるが故の、余裕の表れなのかもしれないが。

それでも……

（この人の教え子でよかった）

ルーシャは心底からそう思った。

●

「――クリフォード殿下！　デイヴィッド殿下！」

第一皇太子の名を呼ぶ声にミラベルが振り返る。

そこには――近衛騎士達に付き添われる様な形で、ジン・ガランド侯爵とユリシア・スミス、更にウェブリン女学院の学院長であるミニエン公爵夫人、リネット、ルーシャ、といった魔剣術科の生徒達数名の姿が在った。

「殿下――」

とミラベルの傍にいた近衛騎士達が一瞬、警戒の動きを見せるものの、彼等が制止する前に、まずデイヴィッドが笑顔で魔剣術科の生徒達――アリエル、ローレル、ヨランダ、クラーラの四人に笑顔で駆け寄っていた。

「殿下っ!!」

アリエルらは咄嗟にその場に膝をついて臣下の礼の体勢をとったものの、堅苦しい作法は不要とばかりにデイヴィッドが先頭のアリエルに抱き着いていた。

「でで殿下っ⁉」

「アリエルずるいわよ⁉」

動揺するアリエルと、ヨランダが彼女に文句を言う。

かつてベニントン宮にて、デイヴィッドを守って戦った四人の少女魔剣士達は、彼から絶大な信頼を得ているのだろう。事件で母を失い、気落ちしていた彼を慰め続けたのもミラベルと彼女らだ。

「アリエル、ローレル、ヨランダ、クラーラ……来てくれると信じていまし……ではなくて。信じていた、ぞ」

アリエルの胸に顔をうずめながらデイヴィッドがそう言う。

「デイヴィッド殿下――」

デイヴィッドの小柄な身体を抱き返しながら感極まった様に天を仰ぐアリエル。他の三人も口元を両手で押さえたり、胸元を押さえたりして感動している様だった。

デイヴィッドにしてみれば、並み居る近衛騎士達――その大半が一年前の事件の後に入隊した新顔である――よりも、アリエルらの傍にいる方が安心できるという事だろう。

第二皇太子、次代のヴァルデマル皇帝、と言われていても、彼は未だ幼さの抜けきらない子供だ。短い間とはいえ、寝食を共にし、命を守ってもらったアリエルらの事を特別に感じるのも、当然といえば当然だった。

その様子を苦笑して眺めながら――

「よくきてくれた、ガランド侯」

とクリフォードの仮面を被ったままミラベルが言う。

彼女がクリフォードの『影』である事を知らぬ者もこの場にはいる為、演技を続けているのである。

「危急の折には陛下、殿下の御許にはせ参じるのは臣下の務め――」

とジンは言ってから。

「と、言いたいところですが。砲撃の直後に魔術通信でサマラ・スミスに呼び出されましてね」

と言ってジンは天幕の所に居るユリシアの叔母に小さく会釈する。

ジンによると――砲撃の直後にサマラからの緊急魔術通信――というか一方的に情報を投げ込む魔術の遠隔音声が飛んで来て、いち早く状況が把握できたのだという。

その後、〈コロモス〉の赤い霧がヴァラポラス各所で発生し始めた為、魔術通信は途絶えてしまったが、それ故にこそ皇城は混乱の最中にあるだろうとジンは判断――ウェブリン女学院に居た者を保護し、経路上で遭遇した魔獣やスカラザルン兵を駆逐しつつ、皇城にやって来たのだ。

「ウェブリン女学院の関係者も、城に来る途中で立ち寄れる限りに立ち寄って、可能な限り連れてはきましたが。さすがに全員をこの場に連れてくる訳にもいかないので、城門付近に待機させています」

とジンは言う。

「……ありがとう」

とミラベルが小声で、囁くかの様にそう礼を言ったのは……クリフォードとしてではなく、ウェブリン女学院に通っているミラベル・アルタモンドとしてである。

かの学院に通い始めてもう半年余り……リネットら、魔剣術科の生徒以外に彼女が親交を深めている者は、生徒にも職員にも少なからずいる。

だがクリフォードを演じている今現在、ミラベルの友人知人を表立って気遣う事はできない。

　その辺の事をジンが理解した上で、ウェブリン女学院関係者の安否を告げてきたと、ミラベルも分かっていたからこその、礼である。

「――ガランド侯」

　と横手から声を掛けてきたのは、天幕から歩み寄ってきた、サマラである。爵位（しゃくい）こそ持たないが、彼女は皇国の重臣として皇帝や皇太子らの傍に侍（はべ）っており、ミラベルの事も知っている。

「いえ――ジン君？　少し、良い？」

　公の場では彼女はジンをガランド侯と呼ぶが、元々ジンが生まれた時から知っている立場なので、帝国（ていこく）の重臣としてではなく、スミス家の人間としての話をするときは、『ジン君』と呼んできたりする。

　平民が曲がりなりにも侯爵を、親戚（しんせき）の子供に対するかの様に『君付け』で呼ぶのは不遜（ふそん）という考え方もあるが……元々スミス家の人間はガランド侯爵家の身内の様なものなので、今更である。

　ジンの方も相手が年上だからと殊更に敬語は使わない。

「……なんだ？」

ミラベルらから少し距離をとってサマラと歩きながら、ジンはそう応じる。

「先程、軍の部隊が砲弾の破片を回収してきたのだけれど」

「砲弾というのは——最初のアレか」

「ええ。皇城の建物を直撃した訳ではなくて、敷地内の庭園に落ちた為に、砲弾の一部が土の中に残っていたみたいね」

「……ユリシア曰く、通常の火薬による爆発ではなく、何らかの魔導機関による爆破だという話だが……」

ジンは眉をひそめながら言う。

基本的に魔術は人間の技能だ。

魔力は意識の力、生命の力であり、人体の『外』に貯めておく事はできないし、如何なる魔導機関も、魔術の行使主体である人間が触れていなければ機能を発揮できない。

魔導機杖や魔導機関は、つまるところ魔術を簡易に使う為の補助器具でしかない。魔術を扱うのに人間は必須なのだ。

故に……砲弾の中に魔導機関を組み込んだとしても、射出してしまった時点で、それは機能しない。使用者である人間から離れた後、着弾した瞬間だけ魔術が発動するなどという都合の良い事は無い。

つまり――

「ええ。さすがに遺体は残っていなかったけれど。御典医に確認をとったわ。人間の骨片と思しきものが、破片に食い込んでた――それも砲弾の外殻に、『内側』から」

「……胸糞悪くなる話だな」

それはつまり。

生きた人間を――砲弾の中に魔術爆発を起こす為の火種として詰め込んでいたという事に他ならない。勿論、中の人間は使い捨てだろう。

だが――

「それにしても、あんな規模の魔術を発動できるだけの魔力は、一人で賄えるものなのか？」

「計算上は無理でしょうね」

とあっさりサマラは言った。

「魔力の増幅術式を用いたとしても、普通はそこまで蓄積できない」

「では十人二十人と人間を詰め込んでいたのか？」

言ってジンは眉を顰める。

「手足を落としてやれば小さな砲弾の中にも多少は詰め込めるだろうな。あるいは小柄な子供なら……」

「益々不愉快な話よね。スカラザルンらしいけれど」

「もしくは何らかの方法で魔力を蓄積したか？」

ふとリネットの方を見遣りながらジンは言う。

何らかの方法で魔力を限界まで人間の内部にため込んでいたとしても、通常は蓄積しきれずに『漏れて』しまう。

リネットの様に。

ただ――

（……リネットの様に？）

ジンの脳裏を先日の修練の場面がよぎる。

明らかに異常な出力の魔剣術。

それは――

「それと。その外殻にこんな一文が記されていたそうよ」

「――!?」

サマラが差し出してきた紙片に走り書きされていたのは、スカラザルン帝国のものと思しき文字列だ。

ジンはスカラザルンの言語は読めないが、基本、スカラザルンの文字は表音文字である為、どのように発音されるのか位は分かる。

「『ミオ・ガランド』――？」

「ええ。行方不明になったジン君のお姉様」

「…………」

ジンは頭痛を堪えるかの様に右手の指先を額に当てて――思い出す。

リネットの首筋に彫られていた刺青。スカラザルン文字。

そこにも『ミオ・ガランド』の記載が有った。

だからこそジンは彼女に興味を持って、奴隷商人の館から連れ帰ったのだが――

異常な魔力の蓄積。

『ミオ・ガランド』の名前。

……これらが問題の砲弾と、リネットに関して、重なるのは偶然か？

（いや……偶然じゃないだろう。むしろ『誘われて』いるのか？）

ジンが姉であるミオの行方を追っている事を知って？

砲弾の外殻の破片に敢えて名前を刻んだ？

真相が知りたければ踏み込んで来い――と？

「それと……私はユリシアと違って、ガランド邸に詰めていた訳じゃないから、あまり覚えていないのだけれどね？」

「……なにを？」

含みのある物言いに、ジンは改めてサマラの顔を見る。

ユリシアの叔母は先のものとは別の紙片を、懐から取り出して渡してきた。

そこには印画紙にある『光景』が焼き付けられていた。望遠鏡の類で得られたものを、絵や文字の様に観測者の主観を挟まず客観的に記録する為のものだ。

どうやら皇城にある物見塔から、望遠鏡で観測した記録らしいが。

「望遠鏡で問題の『海賊艦』を観測しているのだけれど」

「これは――」

「艦橋にいる白い仮面の女――彼女の手の甲の痣、見覚えが無い？」

印画紙に描かれているのは確かに女だった。

スカラザルンの軍服らしきものを着て、外套を羽織っているが、服の上からでも豊かな胸の膨らみが見て取れる。

かつてジンも出会った、スカラザルンの士官。

白い仮面を被り、その手の甲に特徴的な、ミオの手の甲に在ったものと同じ痣を持つ

──

「『ミオ・ガランド』の文字と、その手の甲の痣と。重なったのは偶然かしらね？」

「…………」

サマラの問いかけに、しかしジンは返すべき言葉を絞り出す事が出来なかった。

●

艦橋という部分は戦艦の『頭脳』にあたる。

それ以外の『肉体』部分を動かす為に、非常に高速で、頻繁に、『思考』を重ね、その結論を命令として戦艦の各所に行き渡らせねばならない。

当然だが実戦行動中の艦橋というものは、様々な言葉が飛び交い、忙しなく艦橋要員達が各種機材を操作する。新たに何か操作をするにも、互いに確認の声を掛け合ったりもする。つまり相当に騒がしくなるものだ──普通であれば。

「…………」

だがその艦橋はずっと静寂に包まれていた。

機材を操作する音こそするが、それらは淡々としていて、まるで何かの鼓動の様に、一定の調子で響いているに過ぎない。

また――艦橋要員達の姿は在るが、彼等は全員が同じ白い仮面を被り、表情は見えず、沈黙したままだ。

まるで死者の操る幽霊船の様に、一切の会話が存在しない。それどころか呼吸すら全員が揃って同じ調子で行っている為、異様な空気がそこには満ちていた。

まるで全員がこの戦艦の一部であるかの様な――一つの生き物であるからこそ、鼓動も呼吸も揃ってしまうかの様な。

そんな中で――

「……ふふ」

ふと艦長席に座っていた女が含み笑いの声を漏らした。

「ヴァルデマル皇国首都ヴァラポラス……」

艦橋の窓硝子越しに、まるでヴァラポラスに居る誰かを誘うかの様に手を差し伸べる。

「『魔王殺し』『異界の勇者』の血脈を擁するこの国が――その末裔の手によって滅びる。実に、滑稽な話だ」

甲に――特徴的な痣のあるその白い手を。

「さあ。本来の姿を取り戻す時だ……〈プローン〉号。貴様の雄姿、ヴァルデマルの者共

に存分に披露せよ」

そんな言葉に応えるかの如く――戦艦全体に鼓動の如く響いていた駆動音が変化する。

金属の軋む音と共に轟轟と巨大な艦体が吠え、女の言葉通り、この偽装戦艦は、偽りの皮を脱ぎ捨てつつあった。

●

皇城の庭に張られた大型の天幕。

その周囲で殺伐とした声が飛び交っていた。

「第三から第八隊、連絡とれません――」

「近衛騎士団も非番の者が現在――」

「西の塔が崩れそうです、避難を――」

直撃こそしなかったものの、途方もない威力の砲弾がさく裂した結果、ヴァラポラス皇城は半壊、基部を含めて三割以上の構造がえぐり取られたかの様に消失している。

残った部分も各所に亀裂が走り、いつ崩れてもおかしくない状態である。非常に危険だ。

ましてニ撃目がいつ来るかもわからない。

東西南北に存在する物見塔のうち、西と南に残ったそれらから、数名が交代で川を遡上している問題の船——戦艦を、魔術を使わず双眼鏡で監視しているが、いざ砲撃されたのを視認してからでは避難は間に合わない。

故にミラベルの指揮の下、今上ヴァルデマル皇帝を筆頭に、負傷者を運び出し、何処か安全な場所に移送する計画が急遽練られている訳だが……

「負傷者の数に対して、動ける者、そして彼等を搬送する為の馬車や魔導機車の数が圧倒的に足りない。また魔導機車はあの霧の中で機能停止してしまう可能性が高い」

と——ミラベルは天幕の中でジンに向けてそう告げた。

「動ける近衛騎士や皇城防衛師団の兵士に背負わせるなり担架を運ばせるなりする事も考えたが、それでは町中に放たれた魔獣やスカラザルン兵と遭遇した際に、彼等が戦えない」

「……そうなるか」

とジンは腕を組んで頷く。

今、天幕の中は人払いをしており、ミラベルもクリフォードの演技をしていない。ジンとミラベルの他には、リネット、ルーシャ、ユリシア、そしてサマラの姿が在った。

「ユリシアの作った蒸気式の『霧避け』を使えば、一定範囲の霧は除去できるでしょう」

「というか単純な構造なので材料さえあればすぐ作れるですよ？」

とユリシアは言う。

「霧と言うのはつまり、ものすごく細かくて軽い粒子(りゅうし)が、漂(ただよ)ってるだけなのです。そこに蒸気を噴きつけてやれば除(よ)ける事が出来ますし、湿気(しっけ)を帯びた粒子は重くなって下に落ちるですよ」

言ってユリシアは頭上を指さした。

「雨が降る原理と同じなのです」

「なるほど――」

とミラベルは感心した様子で頷く。

「あの魔導機車を先頭にして――後続の車も急増した『霧避け』を積むか、もっと単純にかがり火をたいておけば、小規模でも上昇(じょうしょう)気流を生めるから、霧を――魔獣によって散布された赤い霧の微粒子(びりゅうし)も含め、上空に送る事が出来るでしょうし、何とか魔導機車での移動は出来るかもしれない」

とサマラが言う。

「それでもやはり魔獣やスカラザルン兵との戦闘(せんとう)となると、かなり不利になるでしょうけれど」

「それで、俺(おれ)に――」

と言いかけて、ジンはリネット、ルーシャを一瞥して。

「俺達に、何をさせたいと?」

「それは――」

「わざわざ人払いをした以上、ベニントン宮の一件と同様、何か『裏技』めいた一手を打ちたいと考えている――違うか?」

正規の首都防衛戦力は未だろくに連絡がとれない。

壊滅してしまった部隊も多いだろう。そもそも最初の砲撃で皇城の傍に在ったヴァラポラス最大の駐屯地が丸ごと――兵舎も含めて吹き飛んでいる為、生き残っている皇国軍兵力は、下手をすると半数以下になっているだろう。

軍事においては組織的な戦闘を行えなくなる程に戦力が損耗した状態を事実上『全滅』とみなす。

そして大規模な軍事集団が、機能不全、即ち全滅状態に陥るのはおよそ三割を損耗した際とも言われている。

つまり……もし首都防衛戦力が兵員数として半減していたなら、もう軍隊としては死んだも同然だ。

それでも全員が死傷した訳ではないのなら、再編制して戦力を集中させる事で、改めて規模を縮小した軍事組織を運用する事は可能だろうが――この状況ではそれすら遅々として進まない。

裏技めいた一手。

そうは言っても、ジンに――そしてリネットやルーシャといった魔剣士に出来る事はそう多くない。

建前はさておいたとしても、これは既に決闘ではなく、戦闘ですらなく、もう戦争だ。個々人の戦闘能力で状況が打開できると考えるのは相当に無茶だった。

ただ――

「少数の精鋭戦力を投入しての――非対称戦」

眼を細めて言ったのはサマラである。

「なるほど？」

と苦笑を浮かべるジン。

「暗殺者向きの仕事、という訳だ」

「暗殺者……？」

とルーシャが一瞬、目を瞬かせるが、今は彼女に構っている場合ではないだろう。

「これを見て」

そう言ってサマラが出してきたのは、印画紙に焼き付けた例の『戦艦』の姿だった。

「え？　これ……⁉」

と驚きの声を上げるのはリネットである。

「あ……脚？　歩いて？」

それも当然……そこに描かれていた『戦艦』は明らかに『船舶』と呼ぶのには躊躇いのある姿になっていた。

歩いているのだ。十本の脚で。

元の外装を半分以上『脱ぎ捨て』て、恐らく内部に折りたたまれていたであろう十本の脚を展開――まるである種の虫の様に、地面の上を歩いている。

「バケモノね」

とサマラ。

『戦艦』の足元では、踏み潰された、蹴り壊されたと思しき家屋の瓦礫があちこちに散在し、あるいは積みあがっているのが確認できる。

十本の脚はその巨体に比して一本一本はむしろ細いのだが、それでも一つ一つが破城槌に等しい大きさなのである。

確かにそこらの民家など、あっさり蹴散らされてしまうだろう。

「つまりあれは『戦艦』というより『揚陸艦』だったという事なのですね。ふむふむ」

とユリシアが感心した様に頷いている。

「確かに水上に移動範囲が限定される艦船は、最終的に侵攻した対象地域を制圧し、これを支配する力に欠けるですよ」

「だからといて『脚』を付けるか？」

と呆れた様に言うジン。

およそ正気とは思えない発想だが、だからこそ現実にそこにそんな代物が出現すれば、対処する側にも尋常でない――通常の軍事行動とは異なる方法が求められる事になってしまう。

「どうやって多脚の歩行制御をしているのか興味深いのです」

とユリシアはむしろ空気を読まずどこかわくわくした様子で言うが――まあそれはさておき。

「あれ――仮に『超重揚陸戦艦』とでも言いましょうか」

ため息をついてミラベルがそう提案してくる。

「ジン先生――いや、ガランド侯爵にはあの中に侵入して、あれを操っている者達を暗殺してほしい。あれが動けなくなる位まで」

地を歩く戦艦などという常識外れの代物の運用に、果たして何人の乗組員が必要かはジンらにも分からないが――十人か。百人か。それを全て殺して来いとミラベルらは言っているのだ。

「……それはまた無茶な話だな」

とジンは応じるものの、驚いた様子が無い事を思えば、想像はついていたという事だろう。

「出来るでしょう？」

とミラベルも言う。

「ガランド侯――いえ、暗殺者〈影斬〉」

「……!?」

この場において、唯一（ゆいいつ）、『ジン先生』の『裏の顔』を知らなかったルーシャが息を呑（の）む気配が伝わってくる。先のジンの『暗殺者』発言をミラベルが駄目押（だめお）しした感じだ。

ジンは溜息（ためいき）をついて――

「どうにも皇室絡（がら）みの依頼（いらい）は無茶なものが多いな」

出来る、とも出来ない、とも答える事無く――ただそう言った。

ユリシアの魔導機車の後部貨物台には、ガランド邸から持ち出せる限りの武器と簡易食糧が積まれている。

特に武器は大振りの木箱の中にまとめて――綺麗に整理されて収納されていた。普段からユリシアは暇を見つけてはジンの武器の『予備』を作ってきたからである。

「さて――」

ジンは超重揚陸戦艦の乗組員達を暗殺するにあたって、愛用の〈影斬〉以外の武器についても、改めて持ち出せるだけ持ち出す積りだった。

投擲武器や小型の仕込刃物の類は多くが使い捨てだ。

糸なり紐なりをつけて回収する事も出来るが、元々隠し持てる様に薄手の代物が多い為、簡単に刃こぼれする。問題の超重揚陸戦艦の中に何人の暗殺対象が居るのか分からないが、あの大きさからして、十人やそこらという事はあるまい。

ならば持ち出せるだけの武器は持ち出しておくべきだろう。

こうした『連戦』も想定してジンの仕事用の外套の内側には武器を仕込む為の諸々の仕掛けが組み込んである。

そこに一本ずつ、小さな刃物や、鋼の糸を収めていくのだが――

「――ジン先生！」

声を掛けられてジンは手を止める。

誰が来たのかは振り返らずとも分かっていた。

「あの、私達も――」

「きっとお役に立てます！」

「要らん」

背後でそう訴えてくるリネットとルーシャに、しかしジンははっきりとそう言った。

「足手まといだ」

「……っ！」

リネットとルーシャが息を呑む気配が伝わってくる。

そのまま無視してジンは作業を続けても良かったが――

「いいか。これは『魔剣士ジン・ガランド侯爵』の――お前達の『先生』の仕事ではないんだ。人殺しの、暗殺者の、〈影斬〉が請け負う、汚れ仕事だ」

そう言って一番弟子と二番弟子に向き直ったのは、彼の中でもまだ『ジン先生』から『暗殺者〈影斬〉』へと気持ちが切り替え切れていなかったからかもしれない。

「正々堂々と戦うんじゃない。後ろから忍び寄って相手を殺していくんだ。そんな技能をお前達に教えた覚えはない。お前達は役に立たない。そんな技能も覚悟も無いだろう？」

「……それは」

とリネットは言葉に詰まったが。

「確かにジン先生が暗殺者だという話は、驚きましたが」

その横からルーシャが言葉を繋いでくる。

「あの戦艦の中に何人、敵兵が居るのか分かりませんが、時間に追われる中で、先生一人で全員を暗殺して回るより、私達がお手伝いした方が結果として、ミラベ――いえ、クリフォード殿下らをお守りする事にも繋がりませんか？」

次にあの超重揚陸戦艦がいつ砲撃をするのか分からない。

ならば暗殺は一分一秒でも早く実行すべき――というのは確かに理にかなっている。基本的に暗殺である以上、一度に十人二十人を撫で切りにする訳にもいくまいし、暗殺の実行者は多ければ多い程に、超重揚陸戦艦の制圧は捗るだろう。

「駄目だ」

しかしジンは重ねてそう拒絶した。

「お前達は未だ人間を殺していない。ベニントン宮でも戦った相手は魔獣だけだろう」

人間が同じ人間を殺す。

国家体制が整備され、法律が、道徳が、教育として人々の意識に刷り込まれるようになってもう千年以上が経つ。

大抵の人間は『人を殺すのは悪い事だ』と自然に考えるし、その理屈に何ら疑問を感じていない。人間の社会で生きていくにあたって、それは、とても大事な事だからこそ、丁寧に、徹底して、洗脳じみた執拗さで、人はそう教育されてくる。

だからこそ、特殊な環境で育った訳でもない、ごく普通の一般人が、最初に人間を殺す瞬間というのは、非常に精神的負担を生じる。

一方的に背後から刺す――といった暗殺なら尚更だ。

のしかかる罪悪感は人間の思考を激しく乱す。

戦場における兵士ですら、初陣で敵兵を殺した場合、その事実に呆然と棒立ちになってしまう者が後を絶たないという。軍にはそうした新兵らの心の傷をいやす為の僧侶や神官が随行する事も多い位だ。

だから――

「今回はお前達が『初めての殺人』で茫然自失になったとしても、俺は庇ってやる余裕はない。慰めたりしている暇もない」

「そ……それは……」

さすがのルーシャも二の句が継げない様だった。

人間なんて簡単に殺して見せます！　と勢いで断言しないだけでも彼女が至極、真っ当な価値観の持ち主である事が分かる。

そしてそういう人間は、出来ればずっとそのままでいてほしい——とジンは思うのだ。

（リネット。ルーシャ。俺は——人間と見れば、まずどうやって殺すかを頭の中に、反射的に思い描いてしまう様な奴には、なってほしくないんだ、お前達には）

実のところ、ジンは頭の中でリネットにしてもルーシャにしても何度も殺す場面を思い描いた事がある。

ユリシアやミラベルに対しても、である。

無論、彼女等が憎い訳でも嫌悪している訳でも、ましてや彼女等に対して殺意がある訳ではない。

呼吸するかの様に、殆ど無意識にでも人間を自然と殺せなければ、職業暗殺者などは務まらない。だからジンは人間と接する場合の価値観が『殺せるかどうか』『どうやれば殺せるか』になってしまっているのだ。誰かと顔を合わせると自然にその相手を殺す場面を脳裏に描いて『予行演習』をしてしまう。

本番に躊躇(ちゅうちょ)せずに済む様に。

それはもう一種の職業病と言えるだろう。

「でも、でもジン先生──」

それでも納得(なっとく)は出来ないのか、リネットが一歩前に出て言った。

「私、ジン先生を、守りたい、です！」

「…………」

さすがのジンも一瞬、唖然(あぜん)となった。

(確かに魔術の威力だけなら一人前だが……)

それは半年前のベニントン宮での一件で、リネット自身が言い出した事ではあった。

自分の身だけでなく、大切な人達を守れる位に、自分は強くなりたい、強くならねばならない、そんな風に彼女は思ったらしい。

それはあの、いつもおどおどしていて、何をするにも消極的だったリネットの、成長なのだろう。

教師としての、あるいは保護者としてのジンは、それを喜ばしく思うが──

「──若様」

リネットらの更(さら)に背後から声が掛かる。

ユリシアが、何やら工具を片手にやってくる所だった。彼女の隣にはミラベルの姿もある。恐らく薬缶やら鍋やら鋼材やらをかき集め、大急ぎで『霧避け』を作っているのだろう。

「リネットらを連れていくべきです」

「ユリシア？」

唐突なユリシアの提案にジンは眉を顰める。

永い、それこそお互いが生まれた時からの付き合いなのだ、ジンの考えが分からないユリシアではない筈だが――

「若様は笑っちゃう位に最強ですが、姉上の事となると冷静さを欠いたうっかりさんになってしまう恐れがあるですよ」

「…………」

言葉に詰まるジン。

それは――確かに否定できないが。

「それにあの超重揚陸戦艦の中にいるのは、乗組員だけではないでしょう。魔獣をばらまいたのはあの艦なのです。予備が未だ積んである可能性だって少なくないでしょう」

確かにそれも道理だ。

「リネットもルーシャも今やいっぱしの魔剣士です。暗殺は若様がするにしても、一緒に連れて行って、脇を、背中を、守らせるだけの力量は有ると思いますですよ」

ユリシアやヴァネッサ、そしてアリエルらは、今上皇帝や、デイヴィッドらの護衛としてここから移動する隊列に加わる事が既に決まっている。

だからこそジンの手助けが出来るのは、リネットとルーシャだけ、というのはその通りなのだが。

「…………しかし」

とジンはなおも渋る。

そこに――

「――ガランド侯」

更にミラベルがクリフォードとしての口調で、言い加えてきた。

「これは先日、私が機密文書の整理をしていた際に見た記述なのだが――」

スカラザルン帝国から亡命してきた大賢者バルトルト・ゴルバーン。

かの者は何故、わざわざヴァルデマル皇国に亡命したのか。

そして――何故、この地で秘密裏に研究を続けていたのか。

「バルトルト・ゴルバーンはリネットを人体実験に使っていたらしい」

「――え？」

と声を上げたのはルーシャである。

「リネット？　どういう事？　ひょっとして貴女がいきなり行方不明になっていた事と関係しているの？　っていうか貴女、何か隠してる？」

「そ、それは……」

と言い淀むリネット。

「ルーシャ・ミニエン。その事はとりあえず棚上げさせてくれ。後でリネットから説明させる、私の――いや、俺の『本職』の事も含めて」

とジンが口を挟む。

「私が観たのはその時の人体実験の進捗状況報告書だ。細かい技術的な事は書かれていなかったが、どうやらゴルバーンは『仮面の大賢者』と対立――いや敵対していたらしい」

「仮面の……？」

そういわれて先ず思い出すのは、やはりあの超重揚陸戦艦の艦橋にいた女だろう。

「ゴルバーン曰く『仮面の大賢者』は『魔王の再来』なのだとか」

「魔王というと、あのスカラザルン建国当時に尽力したという？」

ジンの祖先たる『異界の勇者』が討ち果たしたという邪悪な魔術師。

「恐らくは。そしてゴルバーンは『仮面の大賢者』を倒す兵器を作る為に、リネットを使って人体実験をしていたらしい」

「……それは」

兵器。人間を使った。

それは――

（あるいはあの砲弾も？）

元々生体加工系の魔術が発達しているスカラザルン帝国は、生命倫理に関してヴァルデマルとは異なる点が多い。かの国の大賢者ならば、共に人間を部品として使った魔導機関兵器を作ろうとしても不思議は無いが――

「細かい事は分からない。だが、リネット・ガランドはあの白い仮面の大賢者を討つ力があると――考える事は出来ないか？」

「……………」

リネットの異常に高まっている魔力。

それが――仮面の大賢者を討つために加えられた何らかの処置の結果なのだとしたら。

だが、何もかもが推測の域だ。

確かな事は何一つない。

だから――

「――ジン先生！」

リネットはジンの前に詰め寄って言った。

「お願いです！　連れて行ってください、私、ジン先生の助けになりたいんです！　現場では全部、ジン先生の指示に従いますから！」

「リネット――」

「たとえ半人前だとしても――」

とリネットに続いて詰め寄ってきたのはルーシャだった。

「二人合わせれば一人前の働きが出来ると考えるのは、傲慢ですか？　リネットと二人でジン先生の脇を固めて、魔獣なり何なりの邪魔者を払いのける程度なら、出来ると私は自負しています」

そう堂々と言ってのけるルーシャ。

その隣でリネットが慌てた様に頷いている。

ジンの一番弟子と二番弟子。

確かに彼女等はこの一年余りで驚くべき実力を付けた。

だからこそジンは、彼女等を命懸け(いのちが)けの戦場に連れ出す事に躊躇が有った。有り体(ありてい)に言えばジンはもっと彼女等を『大切に育てたい』と思ったのである。

とはいえ——成長したというのであれば、彼女等もいつまでもジンの言う事だけを聞いているだけ、という訳にもいくまい。

教え子はいつか独り立ちするものだ。

「…………分かった」

長い溜息をついて頷くジン。

「手伝ってもらおう。ただし何よりもまず自分の身を護(まも)る事を優先しろ。お前達の戦いは『守る』為のものだ。そのように俺は育てたつもりだ。だから『殺し』は俺に任せて手を出すな。出来るか？」

「——はい！」

「承知です！」

少女達はぱっと表情を輝(かがや)かせて、そう頷いてきた。

●

脱出準備中の皇城ヴァラポラスの正門近く。

そこで不意に悲鳴と怒号が響き渡った。

「近衛騎士団前へ！」

「魔術は使えない、総員、杖剣展開っ！」

慌ただしく声が飛び交う中、赤黒い霧の向こうから——白い仮面をつけたスカラザルン兵士達と、彼等に随伴する様にして〈コロモス〉や〈プリオムル〉といった魔獣の群れが数十、押し寄せてくる。

「——遂に来たか」

と天幕に戻りながら唸る様に言うミラベル。

「…………」

彼女は腰の剣の柄を握りしめた。

今の彼女は士気高揚の意味もあってクリフォードを演じている訳で、ユリシアから贈られた魔導機剣と破魔剣を腰に提げてはいるものの、迂闊に『ミラベルとしての』技を使う訳にはいかない。

追い詰められてどうしようもなくなれば、そんな事は言っていられなくもなるだろうが——その判断が、非常に難しい。

「むしろ今まで皇城に来なかった事の方が不思議ではありますが」

隣を歩くサマラが言う。

「良くも悪くもあの赤い霧、ヴァルデマルもスカラザルンも構わず魔術を全て無効化するのでしょうね」

故に魔術で位置確認が出来ず、視界も狭い、連絡用の魔術も使えない、となると移動に問題が出るのは当然だろう。特に魔獣は地図と方位磁石を用いて移動するという訳にもいくまいし。

ともあれ――

「新人が多い近衛騎士団、しかも杖剣術はつけ焼き刃な者が多い――」

杖剣術をおろそかにする傾向は、魔術万能の価値観が行き渡った若い世代になればなる程に顕著である。

魔術が使えない状況が発生しうる、というのはウェブリン女学院の占拠事件と、ベニントン宮襲撃事件でヴァルデマル皇国側も把握していたが……だからといって廃れていた杖剣術の訓練を軍の制度に組み込むには一朝一夕では足りない。

「軍から魔剣術科に訓練生として人を遣る話、もっと早めに進めておくべきだったな」

と言いつつミラベルは自分の魔導機剣と破魔剣を抜く。

死んでしまってはクリフォードの演技も何もない。

ここはとにかく一人でも多く生き延びる為に、戦える者が戦うべきだろう。

そう思ったミラベルだったが――

「奔れ、〈轟炎〉！」

「斬れ、〈裂風〉！」

正門付近でそんな声と共に魔剣術の攻撃がさく裂する。

爆音と閃光が迸り、今にも騎士団に襲い掛かろうとしていた魔獣の群れが、吹き飛ばされ、そして真空断層に切り刻まれていく。

「――！」

驚いて駆け出すミラベル。

程なくして正門付近で彼女が観たのは、蒸気を噴き出して霧を押し除けるユリシアの魔導機車と、その周りで魔導機剣を掲げているジンの教え子達だった。

背が高く、長い金髪を後頭部で括った少女と。

亜麻色の髪を二条に括って垂らしている少女。

ローレルとクラーラだ。

残りの二人――アリエルとヨランダは、恐らくデイヴィッドの傍についているのだろう。

しかも――

「……ああもう……」

どこか面倒臭(めんどうくさ)そうに、戦闘の現場をすたすたと落ち着いた足取りで歩く白衣の女性が、両手を振ると……次々と魔獣の首が落ちていく。

空中にきらりと微(かす)かな光が連なって見えるのは、恐らく――極細(ごくぼそ)の鋼の糸を使っているのだろう。

ヴァネッサだ。

「この一年……頑張(がんば)って無害な校医を演じてきたっていうのに」

誰にともなく、そう愚痴(ぐち)をこぼしながらも、彼女は次々と魔獣を駆逐(くちく)していく。

それどころか、鉈(なた)を手に突撃(とつげき)してきた仮面のスカラザルン兵に対して、彼女はひょいと身をかわすと、その長い脚で横蹴り――相手が姿勢を崩(くず)したところに、これまた袖口(そでぐち)から放った投擲短剣(スローイングダガー)を叩(たた)きこんでとどめを刺していた。

「……ザウア先生って、何者？」

思わずクリフォードの演技を忘れて呟(つぶや)くミラベル。

そこに――

「――元々あいつは俺の同業者だ」

と『出撃』の準備を整え終えたらしいジンが、リネットとルーシャを伴ってミラベルに追い付いてきて言った。

「あいつも基本は魔術士だが――暗殺者は大抵、魔術以外の戦闘技能を身に付けているからな」

呪文詠唱や魔導機杖の操作を必要とする魔術攻撃は、どうしても暗殺には向かない。相手に気づかれてしまう可能性が高いからだ。

だからこそ暗殺者は魔術を使わない殺傷技術を身に付けて、状況によって魔術と使い分ける事が多い。

ジンが――ガランド家代々の者が暗殺者として活動してきたのも、魔術を無効化できるその特性以上に、魔術を使わぬ戦闘技術を身に付ける事で、十分以上にこなせる『仕事』だったからだ。

ともあれ――

「私は魔剣士科の生徒が戦うのを、直に初めて見ましたが――」

とサマラが言う。

「ガランド侯、貴方の教え子達、随分な仕上がり具合ね。一年でこれなの？　無論、才能のあるなしも関係するんでしょうけど」

「リネットとルーシャには及ばないがな」

「ジン先生──」

すぐ後ろで褒められたリネットとルーシャが顔を赤らめているが、それに気づいているのかいないのか、ジンは淡々とした口調で続けた。

「古流の剣術では人を一人斬って『一段』と言う。実力を示す段位とは、つまり実戦経験の多寡だ」

その意味でリネットもルーシャも、そしてアリエルらも、二度、命のやりとりをする現場を経験している。

そして生死の境を綱渡りする経験は、単純な反復練習だけでは越え辛い一線を、一足飛びに越えさせる事もあるのだ。

「あの子らは既に立派な魔剣士だよ」

と言ってジンは自分の〈影斬〉に手を添える。

「──リネット。ルーシャ。行き掛けの駄賃、というのも少々品の無い言い方だが。行くぞ、邪魔な魔獣を除けろ。スカラザルン兵は俺に任せろ」

「──はい！」

元気良い返事と共にリネットとルーシャが走り出す。

共に剣は鞘の中。臨戦態勢には見えない——が。

「——！」

〈コロモス〉二頭と相対している近衛騎士達の脇を通り過ぎるリネットとルーシャ。

戦闘用の兵器として調教されている魔獣は、武器を抜いていない小娘二人を脅威と感じなかったのか、近衛騎士の方に向いたまま特に反応を示さなかったが——

「——リネットっ！」

「うん！」

二人は不意に手をつなぐと、疾走の勢いのままその場で一回転。

ルーシャが急制動をかける事で回転の軸となり、手を繋いだリネットを——回転で加速。

まるで砲丸投げの様に、次の瞬間、リネットは『射出』されていた。

猛烈な勢いで——地面と平行に『飛ぶ』リネット。

彼女は空中で破魔剣を抜くと、これを魔獣の首の付け根に深々と突き刺していた。


——ごうあ⁉

リネットを背中に乗せたまま暴れる〈コロモス〉。

隣の一頭が改めてリネットを攻撃すべく、姿勢を変えるが、そこに飛び込んできたのはルーシャだった。

「――魔術破りの霧」

ルーシャは呟く様に言って、魔導機剣を刺突で〈コロモス〉の腹に突き刺す。既に最初に飛び出した時点で、歩法と呼吸によって身体能力強化の魔術を己に掛けているリネットとルーシャは、獣の動きに無理なく追随していた。

そして――

「それはあくまで『触れれば』効果を発揮する――」

ぐり、と魔獣に突き刺した魔導機剣を大きくこじりながら、ルーシャは言った。

「ならば霧の無い相手の体内ならば――」

「――魔術も使える！」

同じく魔導機剣を抜いて〈コロモス〉の身体に突き刺しながらリネットが言い――

「叩け、〈爆槌〉！」

「打て、〈雷鞭〉！」

撃発音声による魔術発動。

次の瞬間、〈コロモス〉は身の内側から爆発の火炎に焼かれ、稲妻の電光に焼かれ、一瞬、一回り大きく膨れたかと思うと、目や鼻や口、耳から、火炎や電光を漏らしながら、破裂した。

投げ出されつつも、身を丸めて衝撃をやり過ごすリネットとルーシャ。

彼女等はすぐに立ち上がると、別の魔獣に向かって襲い掛かった。

「……なんと……」

呆然と近衛騎士達が驚きの声を漏らす。

「なんという……」

「――ガランド侯」

彼等を見遣りながら、ミラベルは言った。

「アリエル達は、脱出の隊列の護衛としてお借りする。ザウア先生も。貴方達は急ぎあの超重揚陸戦艦に向かってくれ」

「――教え子の事、よろしく頼む」

とジンは応じるが――

「……いや。近衛騎士達に魔剣術を周知徹底するいい機会だ」

とミラベルは何処か挑発的に笑った。

「実戦で魔剣術を、魔剣士をその眼に焼き付ければ、近衛騎士達の実力向上に役に立つ。

むしろ今は私達が、あの子らに守られ、そして教わる側だ」

「……なるほど」

ジンは苦笑すると――改めて戦い続けるリネットらの方を見て言った。魔獣では彼女等を斃せないと理解したのか、仮面のスカラザルン兵達が、リネットらを囲むように動きつつある。

連中を駆逐するのは――ジンの役目だ。

「――では、行って参ります、殿下」

「御武運を」

身を翻し、ミラベルの言葉に背を押される様にして――ジンは、リネットらが戦っている現場に向けて飛び出した。

第章　仮面傀儡

今尚、晴れぬ霧の中を二頭の騎馬が行く。

「～～～～っ⁉」

「――――!!」

「――ッ！　――ッ！」

どこかで怒号や悲鳴が響き、家屋が倒壊する音が時折それに混じるが――それが何処なのかは方角すら定かではない。元々、密に家屋の建ち並んだ街中では、音が反響し易く、更に漂う霧の幕が音の輪郭をぼやけさせるからだ。

何にしても――

「気味が悪いわね」

馬の手綱を握りながらそう言うのはルーシャだ。

「どこから何が出てくるのかも分からない」

「そうだね……」

と後ろに乗っているリネットが相槌を打つ。

貴族令嬢の嗜みとして、ルーシャは乗馬を習っていた為、問題なく馬を操れるのだが

……幼い頃から養親に虐待じみた扱いをうけてきたリネットは、乗馬経験そのものが無い。

この為、リネットは、おっかなびっくり、といった感じでルーシャの胴体に背中から両腕を回してしがみついている様な状態だ。

殊更に速く走らせている訳でもないので、落馬の危険性は少ないのだが……馬の歩みに合わせて上下する鞍のせいか、ただ跨っているだけでは落ち着かないのだろう。

「…………」

彼女等の隣には同じく馬に乗ったジンの姿も在る。

ジン達は今――ユリシアが言うところの『超重揚陸戦艦』に向かって移動しているのだが、霧のせいで視界が悪い為、馬を全力疾走させる訳にはいかないのだ。

結果として少女達は微妙に暇を持て余している様な感がある。

故に――

「ところで……リネット？」

ふと思い出したかの様にルーシャが背後のリネットに声を掛ける。

「結局、人体実験とかなんとか、本当なの？」

「あっ――」

リネットは慌ててジンの方に眼を向けた。

事の次第を全て詳らかにすれば、今までジンが伏せてきた諸々の事情も説明せねばならなくなる。

既にジンが暗殺者だという話はルーシャも知っているとはいえ、他にも色々と秘密にしてきた事は多く、どこまで自分の判断で喋ってよいのか、リネットには分からないのだ。

だが――

「………………」

ジンは黙って頷いた。

それはつまり、全部、喋ってよい、という事に他ならない。

リネットは束の間、戸惑う様に視線を左右に彷徨わせていたが――

「……ごめんなさい」

最後に眼を伏せながらそう言った。

「ずっと……ずっと、言えなかった……」

「どうして？」

対するルーシャの声は、奇妙に静かだ。

何かを、堪えているかの様に。

それに気づいてか気づかずにか、リネットは『どうして』の問いには答えず、訥々と、事の顛末を語っていった。

自分が養親に奴隷として売られた事。

奴隷商から更に売られた先で、何らかの実験に使われた事。

でもその際リネットは定期的に薬を投与されていた為に、あまり記憶がはっきりしない事……など。

「結局、実験をしていた人が……バルトルト・ゴルバーンって人なのかな、その人が私の魔力暴走の事故で死んじゃったみたいで」

「…………」

「ジン先生とは、奴隷商の人の所に『返品』された後で出会って……それからジン先生にそこから連れ出してもらって、その、引き取ってもらったの……」

「…………」

ルーシャは無言。

リネットの位置からは勿論、彼女の表情は見えない。

「だから、その、情けないっていうか、恥ずかしいっていうか、親に、無能だから奴隷に売られたとか、そんな境遇……ルーシャに知られたくなかったっていうか……」

「だから、どうして？」

ルーシャは重ねてそう問うてくる。

その声は奇妙に静かで、彼女が怒っているのか呆れているのか、憐れんでいるのか、蔑んでいるのか、それすらも判然としないが。

「どうしてって……だから、ルーシャに……呆れられたりとか、引かれたりとか、したら……」

「――馬鹿ね」

と――長い長い溜息をついてルーシャは言った。

相変わらず眼は前を向いたまま、彼女はリネットの方を振り返りもしなかったが――

「私を何だと思ってるの？」

「――え？」

「お友達になりましょうって言ったの、私の方よ？」

ジンの位置からは、何かを隠そうとするかの様に、今度はルーシャが眼を伏せるのが見えた。

「え。そ、そうだっけ？」

「そうよ。お互い魔術が上手く使えない者同士、助け合おうって」

「それは——」

「貴女が奴隷に売られたのも、実験に使われたのも、結局のところ、貴女のその魔術が使えない部分が理由なんでしょう？」

「そ、そうだけど——」

「それを呆れるとか引くとか。とんでもない話よ」

ルーシャは首を振った。

「下手をしたらその境遇に堕ちていたのは、私かもしれないのよ？」

「そんな事は——」

リネットと異なり、ルーシャが『劣等』を理由に、実の親や祖母に見限られて奴隷に売られる——などという事は有り得ないだろう。むしろ学院長は、ルーシャを、生まれつき抱えていた問題点を覚悟と努力で撥ねのけた、自慢の孫であると思っている筈だ。

だが——それすら『たまたま自分の置かれた環境がそうだっただけ』だというのなら、それはその通りだ。

子供は生まれてくる際に親を選べない。

人間は己の生まれ落ちる環境を選べない。

リネットとルーシャ。

二人の立ち位置が入れ替わっていた可能性は——確かに在る。

ルーシャ・ミニエン。

頭は良く、身体能力も高く、その一方で魔力だけが低い彼女は、それ故に驕り高ぶる事も無く……淡々と、自分には何が出来て何が出来ないかを客観的な視点で考え続けてきた。

貴族だからとか。ミニエン侯爵家令嬢だからとか。

そんな肩書だけを見て思考停止しない——そんなルーシャだからこそ、リネットの境遇が他人事には思えないのだろう。

「そんな立場で呆れたり馬鹿にしたり、引いたりとか、出来る筈ないでしょう！ ましてや友達がそんな状態になってるのに、私は——」

一瞬、唇を噛んでルーシャは言葉を切る。

更に何かに耐えるかの様に彼女は手綱を握る手に力を込めて震わせていたが——

「私は、貴女が私を置いて自分だけ『逃げた』のだと思って——貴女を、憎んで、嫌って、その事を発条に、努力を重ねて……」

「ルーシャ……」

「本当、私の方が馬鹿みたいっていうか、恰好悪いじゃないの⁉」

「え、あ、ご、ごめん？」

「ああもういいわよ！」

何かを振り払う様に大きく頭上を見上げて、ルーシャは言った。

「終わりよければすべてよしよ。こうして皇国の危機に、出来る事が――私達に出来る事がある、私達にしか出来ない事がある、そんな風になれたのは、喜んでも良い筈よ」

とルーシャはきっぱり言い切った。

「……立派な事だ」

皮肉でもなんでもなくジンはそう感想を述べる。

「リネットは少し見習った方がいい」

「え？　あ、はい、それは勿論――」

「人間、意外に考え方ひとつで逆境を好機に切り替える事だって出来る。悪かったところを忘れろとはいわない。だが、それだけを見るのではなく良かったところを見て、前向きに考えるのは、目標実現の為に必須の技術だ」

「――はい」

とリネットは顔を赤らめて頷く。

「それと――ルーシャ」

「はい、なんでしょう、ジン先生？」

ルーシャは――あるいは泣いていたのかもしれない。慌てて目元を手の甲で拭ってから、ジンの方を振り向いた。

「私の――いや、俺の方からも一つ秘密を告白しておこう」

今更だがな、とジンは苦笑交じりに付け加える。

「ジン先生の？　暗殺者だという以上にですか？」

「俺は魔術が使えない。リネットとは違う理由だが」

「……！」

「暗殺者をしているのも、その辺りの理由が大きい。俺の家系は代々そういう特徴があってな。魔術に触れるとこれを魔術式から解体して、魔力の事象転換を阻害してしまう」

「……ひょっとして、ジン先生？」

その紫の双眸を瞬かせながらルーシャは首を傾げた。

「この破魔剣って――」

「お察しの通りだ。ガランド家代々のその特性を、道具に組み込んだものだ。具体的には

俺の血液や髪、先代、先々代の遺骨や遺灰、そういったものを精錬の際に混ぜ込んである
そうだな」

それを代々のガランド家の者達は『呪い』だといった。

死しても逃れられぬその特質は、他に表現のしようがない。

だが――だからこそ。

『考え方ひとつで逆境を好機に切り替える事だって出来る』

ガランド家の者達はその『呪い』を逆手にとって、最強の魔術殺し、魔術士の天敵たる
存在に、自分達を鍛え上げた。

それは決して表舞台に出る事の無い暗殺者としての道だったかもしれないが……状況が
変われば、暗い路地裏にも陽が差し込む事はある。

こうして今、ジンは、弟子二人と共に再び『数多くの人々を救う』という『勇者』にも
似た道を歩んでいるのだから。

「だから――改めて頼む」

言ってジンはリネット、ルーシャらに向けて小さく頭を下げた。

「勿論、姉の事も理由の一つではあるが」

ふとジンの口元に苦笑が過る。

「同時に……魔術が使えず鬱々と表舞台に上がるのを避けてきたガランド家の歴史は、決して無駄ではなかったと世間に知らしめるために。正義でも理想の為でもなく。ただ、その為に、今日のこの日、俺はヴァルデマル皇国を救う。その為にお前達の力を借りたい」

「…………」

二人の少女魔剣士達は唐突なジンの要請に一瞬、目を丸くして固まっていたが――

「…………」

肩越しに振り返ってきたルーシャに、リネットが頷く。

「……はい。ジン先生。えっと、光栄です！」

「是非もありません。存分に私達をお使いください」

ジンの弟子達は、堂々とそう言ってきた。

●

水飛沫を上げて鋼鉄の巨体が水面を割る。

岸に幾重もの波が押し寄せ、無数の白い飛沫が霧を抉る。

無論それだけで辺りの霧が完全に消える事は無かったが。

超重揚陸戦艦。

ヴァルデマル皇国首都を襲ったこの異形の兵器は、先程まで十本の脚で歩いていたのだが……最初からこの地の『動脈』の一本であるそこが目的地だったのか、ヴァラポラス中央を流れる運河へとその巨体を浸けていた。

あるいはヴァルデマル皇国軍の歩兵に、艦内へ侵入される事を警戒したのかもしれない。

　超重揚陸戦艦は、その巨体故に、『歩く』といってもそう速いものではない。機敏な動きが出来る者ならば、建物の陰に紛れて近づき、足に飛びついてこれをよじ登り、内部に入る事も可能であろうからだ。

一方――運河の中ならば。

敵兵は身を隠す遮蔽物も無い水面を、泳いで接近せねばならない。

魔術を使うのでもない限り、走る様な速度での接近は不可能、ならば超重揚陸戦艦側は難なく敵兵の接近を察知して対処が出来る。

ただ――

「…………」

ごぼりと泡が生まれては、水面に向かって浮かび上がっていく。

顔を上げれば、頭上には淡い光がまだら模様を描きながら揺れているのが見える。未だヴァラポラス全体の霧が晴れていないからか、朝の日差しは水面下に斬り込んでくる程の強さを持っていない。

「…………」

ジンらは――水面下に居た。

ユリシアが皇城で『霧避け』を急増する際、余った鉄鍋を二つばかり魔術で溶接して作った気密樽。この中に詰め込んだ空気を、交互に導管をくわえて吸いながら、水底を進んでいるのである。

勿論、身体が簡単に浮き上がってしまわない様に、ジンらは重めの瓦礫を幾つか腰に括りつけている。

「船が『歩く』などという、非常識な動きをしている以上、その地上での稼働時間は長くないと推測できるのです」

「魔導機関にせよ、別の機関にせよ、あの巨体を動かすには膨大な力が必要ですから。ずっとその力を確保できるなら、そもそも船の形をしている必要すらないのです」

「以上の事から、あの超重揚陸戦艦は、水辺に戻る可能性が高いと推察するのです」

ユリシアの読みは見事に的中したという事だろう。

実のところ、川岸から超重揚陸戦艦までの距離はそう遠くない。

ジン一人でなら気密樽無しでも、潜水して――殆ど息継をする事も無く――超重揚陸戦艦に近づく事も出来ただろう。だがさすがにリネット、ルーシャらも一緒となると、こうした機材の助けが無ければ水中移動は難しい。

「…………」

ジンは濁った水中でじたばたと、無様に手足を動かしているリネットらに、手振りで指示を出す。

ちなみに彼女等はどちらも下着姿だ。

いつもの姫騎士装束を着たままでは、水の抵抗が大きすぎて、泳ぐのは勿論、歩くのすら難儀するからである。

当初、リネットもルーシャもジンの前で下着になる事について、臆するかの様な反応を見せたが、それでは彼の助けにならないとすぐに思い切ったらしく、二人とも、すぐに服を脱いだ。

ともあれ――

「…………」

ジンは――先に自分が膝をついて、這う様にして歩いて見せる。

多少なりとも水の流れがある水中――いや水底では、人間は地上とは勝手が違う為、まともに歩く事が出来ない。身体に掛かる重みがまるで違う為、すぐに姿勢を崩してしまうのだ。

だからこそ、出来るだけ姿勢を低くして、手足を使って進んでいくのが結果的に早いのである。

「…………」

「…………」

リネットとルーシャは頷いて、ジンを真似て、水底に膝をつく。

川底に堆積した泥をわずかに舞い上げながら、三人はゆっくりと超重揚陸戦艦に向けて這い進んでいった。

ごおん……ごおん……ごおん……ごおん……

何らかの機関が稼働する鈍い駆動音が薄暗い艦内に響いている。

まるでそれは鋼鉄の巨獣の息遣い、いや、鼓動の様で、怪物に飲み込まれたかの様な圧迫感を聴く者にもたらしていた。

だが——

「……さて」

艦内に侵入したジンらは、物陰から辺りの様子をうかがっていた。

リネットとルーシャは少し離れた別の物陰で、ごそごそと防水袋に詰め込んで持ち込んだ姫騎士の衣装を引っ張り出して着用中だ。

ちなみにジンは水中からしていつもの仕事着のままだが——彼の黒い衣装は、雨天での行動にも支障が無いよう、撥水加工されている為、放っておいてもすぐに乾くのである。

魔術で体温を少し上げてやれば風邪をひく事も無い。

(全員……なんだあれは?)

艦内の人影は、まばらだった。

だが無人――という訳でもない。しばらく見ていれば人影はちらほらと通りかかる。ただ、その全員が――一人の例外も無く、白い仮面を被っているのだ。

あの艦橋に居た女の様に。

そしてヴァラポラス中を徘徊しているスカラザルン兵の様に。

あの仮面がスカラザルン軍の、いわば制服の様なものであるならば特に不思議は無いが……そんな奇妙な装いなど、少なくともジンは聞いた事が無い。

そもそもいかにのぞき穴が設けられているとはいえ、仮面など付けていれば視界が制限されてしまい、格闘戦に不利になる。いや。食事や用足しにも不便だろう。

であれば、何故、全員があんなものを付けている？

本来、スカラザルン兵しかいない筈の艦内で、顔を隠す意味も無いだろう。

となると――

「――ジン先生」

「お待たせしました、すみません」

背後から、囁く様な声でリネットとルーシャが着替え終わった事を告げてくる。

「行けます――ってどうなさったんですか？」

とリネットが不思議そうにジンの横顔を覗き込んでくる。

ジンが眉をひそめているのに気づいたのだろう。

「今更だが、全員がお揃いの、妙に目立つ仮面を被っているのが、何故なのか、とな」

「仮面……」

建前上、私掠船による海賊行為なのだとするならば、軍服の様な『お揃い』のいで立ちをしているのは不自然だろう。骨の様に白い仮面は、大量に並ぶと意味もなく目立つ。

顔を隠すためなら別に覆面で事足りるはずだ。

となると——一体あれはなんのためのものなのか。

「とりあえず一人ひっ捕まえて剥いでみるか」

そう呟いて——ジンはふらりと物陰から出る。

丁度、ジン達の目の前を一人のスカラザルン兵が通り過ぎたばかりだった。足音も一切させずにジンはその背後に忍び寄ると、まるで肩を叩こうとでもするかの様に、気負いのない動きでするりと右腕を伸ばす。

彼の腕が蛇の様に相手の首に絡みついたのは次の瞬間だった。

「…………!」

一瞬、スカラザルン兵がびくりと身を震わせる。

だが、一瞬にして気道を、そして頸動脈を絞め上げたジンの腕は、瞬きを二度程する程度の時間で相手を気絶させていた。

倒れて音を立てる事すら許さず、ジンはスカラザルン兵を引きずって物陰に戻る。

「殺さなかったのですね」

とルーシャが興味深そうに言う。

「背後から一突き、の方が簡単かと思ってしまいました」

「暗殺者といっても片っ端から殺している訳じゃない」

とジンは言った。

「あ、いえ、そういう意味では――」

と慌ててルーシャは言い繕うが、ジンは小さく首を振った。

「殺してしまっては喋らせる事も出来ないし――刃物で刺し殺しても、完全に絶命するまでの間に大声を上げられる可能性がある」

むしろ喉を押さえて、声を出させない、という意味では首を絞めてやる方が良いのだ。

問題は静かに制圧するのが望ましい、という事であって、殺す殺さないは単に結果に過ぎない。

「さて……ん？」

ジンは床に横たえたスカラザルン兵から仮面を剥がそうとするのだが……

「どうしました？」

「…………」

リネットが尋ねてくるが、ジンは無言で仮面に指を掛ける。

仮面は……紐で頭部に括りつけられている訳でもないのに、ちょっとやそっと引っ張った程度ではびくともしない。

「まさか何か薬剤で顔に接着でもしてるのか？」

呟きながら更に縁に指を掛けて引っ張ってみると——

「——!?」

リネットとルーシャが息を呑む。

ずるり、と音が聞こえた様な気がした。

仮面の内側から何やら触手の様なものが伸びていて——これがスカラザルン兵の口からその体内に入っているのだ。

簡単に仮面が剥がれないのも道理である。

「こ、これって——」

「スカラザルンお得意の生体加工魔術で作った代物だろうな」

体内から引っ張り出され、びくびくと脈打っているところを見ると、どうやらこれは生き物であるらしい。

「き……気持ち悪い……」

とリネットとルーシャは明らかにその触手状の何かを嫌悪(けんお)している様だった。単に蚯蚓(みみず)や蛞蝓(なめくじ)の様だ、という以上に、これが一種の寄生生物であるのだと分かったからだろう。

そして——

「うっ……」

仮面を剥がされた事で刺激(しげき)を受けて、意識が戻ったらしい。

短い呻(うめ)きを漏らしながら、スカラザルン兵が眼を開く。

そして——

「……～～～……!?」

何事か言ってくる。

恐(おそ)らくはスカラザルン語で。

「～～～! ～～～!!」

ジンが〈影斬〉を鼻先に突き付けている為、いきなり大声で喚(わめ)く様な事は無い様だったが、スカラザルン兵は何やら訝(いぶか)しむ様な表情で言葉を次々と繋(つな)いでいく。

そして——

「しまったな。さすがに早口でまくしたてられるとスカラザルン語をきちんと聞き取るのは無理か――」

と言って一瞬、ジンが視線を逸らした途端。

「――～～!!」

跳ねる様にスカラザルン兵は飛び起きて、ジンではなく、リネットにつかみかかっていた。恐らく小娘なら抑え込んで人質に出来る、とでも思ったのだろう。

だが――

「――っ！」

リネットは素早く鞘に入れたままの魔導機剣を振って、スカラザルン兵の首筋に打撃を叩きこむ。

普段から魔術を使う為の精密極まりない身体運用を心掛けている彼女にとって、単純な打撃などは、指で何かものを掴む程度の、殆ど意識する事も必要ない行為だった。

「…………」

ぐらりと姿勢を崩して倒れるスカラザルン兵。

その襟首を掴んで、止めながら――

「こいつ――妙な事を言っていたな」

とジンは顔をしかめた。

「全部の言葉は聞き取れなかったが……」

ところどころ分かる単語や言い回しは混じっていた。

元々スカラザルン帝国の公用言語はヴァルデマル皇国の言語から派生したものなので、文法構造や単語の一部は共通しているのだ。

『ここはどこだ？』

『お前達はなんだ？』

『一体どうして？』

そんな言葉が有った様に思われる。

つまり――

「ジン先生。ひょっとして」

とルーシャが尚も気味悪そうに仮面とその触手の方を見ながら。

「この仮面は――」

「恐らく被っている奴は、いや、被せられている奴は、その間の意識が無いんだろう」

ではその間、彼等を動かしているのは――誰の意識なのか。

あの仮面の内側に生えていた触手の『意志』か？

いや。あの蚯蚓の様な生き物にそんな知性があるとも信じがたい。

あれは恐らく『生きた』受令器だろう——魔獣達の頭部に埋め込まれているのと同様に。

表層意識を抑え込み、肉体運用自体は元々の人間の脳に任せ、その行動方針だけは、他人から送り込まれた『命令』をそのまま流し込むのだ。

「まさか……」

ジンは尚も鼓動の様な音を響かせている艦内を見回す。

「全員が？」

仮面をつけたスカラザルン兵が皆同じであるならば。

全員が何者かに操られている可能性が在る。

恐らくは、あの、ミオ・ガランドと同じ痣が手の甲にある、仮面のスカラザルン士官によって。

「——ジン先生！」

リネットの声に促されるまでもなく、ジンも気づいていた。

足音が——集まってくる。

恐らくは仮面を被ったスカラザルン兵達の。

「剥がすと、警報でも飛ばすのか」

尚も触手が動いている仮面を蹴り飛ばして除けると、ジンは〈影斬〉を抜き放った。

●

真っすぐに噴出して霧を切り裂く――蒸気の刃。

振るわれる度にそれは小さな雲を生み出し、限られた範囲ながらも雨を降らせて、霧の領域を削り取る。

もっともヴァラポラス全土に舞い上げられた粉塵の帳を取り除くには、あまりにもそれは小さなものだったが。

「うーん……」

ユリシアの運転する魔導機車を先頭に、皇城を脱出した隊列はヴァラポラスの郊外を目指して移動中だった。

「こうも視界が悪いと前に進んでいるのかどうかすら怪しくなってくるわね……」

「とりあえず方位磁石はある程度働いているので、大丈夫かとは思うですが」

魔導機車の助手席にて、粉塵避けのマスクの下で顔をしかめるミラベルに、ユリシアがそう応じる。

ちなみに後部の貨物部に乗っているのは、アリエルらと、第二皇太子のデイヴィッドである。

魔導機車に乗っている面々は全員、ミラベルの素性を知っているので、彼女も殊更にクリフォード第一皇太子の演技をしていない。

ちなみにヴァルデマル今上皇帝は、その更に後ろの馬車で運ばれていて——そちらには魔導機杖装備の近衛騎士団が付いていた。馬車にも簡易の『霧避け』が積まれている為、万が一に〈コロモス〉に遭遇しても、魔術が使える可能性が高いと判断されているのだ。

「……ある程度なの？」

「爆発で舞い上げられた粉塵には恐らく金属も交じっておりましたですよ。お陰でふらふらと磁石の針も安定しませんですが、ぐるんと一回転する様な事はありませんです」

と同じく粉塵避けのマスクをしたユリシアが答える。

「とにかく出来るだけ早く郊外に出なければ——」

とミラベルが言う。

ヴァラポラス内の離宮や公的組織の建物については、スカラザルン側も位置を把握しているだろう。

ならばそちらに逃げ込むのはやはり危険である。

不便は承知で、郊外に脱出するのが最も安全性が高いと、彼女は判断していた。

勿論、移動すればするだけ、ヴァラポラス内を徘徊している魔獣やスカラザルン兵と遭遇する確率も上がる。だが、そもそも百万人近い住人を有する大都市で、精々が数百の――超重揚陸戦艦の大きさからして千は詰めまい――敵兵が居たとしても、遭遇率はそう高くない。

とはいえ……何十台という馬車や機車の隊列を組んで移動していれば、敵の目を引かない筈も無い。

むしろそうする事で――敵の目を引き付ける事で、無辜の臣民への被害も減らせると踏んでいたからこそ、ミラベルは殊更に隠れて移動する方法を選ばなかったのだが。

「――ユリシアさん！」

後部貨物部でデイヴィッドを囲んでいた魔剣士少女達の一人――黒髪の少女・ヨランダが側方を見て声を上げる。

「来ます、右手に魔獣らしき影！」

「魔剣士は対魔獣戦闘の陣を展開！」

とミラベルが命じると、四人の少女達は不安げなデイヴィッドに小さく頷いてから魔導機車より飛び降りる。

一瞬遅れて魔導機車も停止、その蒸気の噴出口を右手に向けた。

白い蒸気に切り裂かれ、霧を成す微粒子が水分をまとわりつかせて重くなり、雨となって辺りに降り注ぐ。

ゆっくりとだが広がる視界の奥で、確かに魔獣数頭と、三人ばかりのスカラザルン兵の姿が見えた。

敵は走らず、黙々と近づいてくる。

兵も獣も声を一切上げないのがひどく不気味だった。

「近衛騎士は隊列を防御、身を挺してでも陛下をお守りしろ！」

「――はっ！」

と近衛騎士達は魔導機杖を掲げ、杖剣を展開する。

そして――

「まずは露払い――」

とユリシアは蒸気の噴出口と連動している鉄杭の射出器に手を掛ける。圧縮蒸気で撃つ事で、発射にも一切魔術を使わないこれは、この霧の中でも問題なく威力を発揮する武器

――なのだが。

「――ん？」

不意にスカラザルン兵三人が立ち止まった。

魔獣達も同じくその場に留まる。

「これはこれは――」

最初、その声は誰が発したのか、ミラベルらには分からなかった。スカラザルン兵は皆、白い仮面を被っており、顔立ちは勿論、表情すら分からないからだ。

ただ――

「誰かと思えば、ユリシア・ス」

「ミスか？　久しいな。実に」

「久しい。ほう。そこに居るの」

「は第一皇太子か。おやおや？」

「ガランド侯爵家につかえるの」

「は、辞めたのか？」

三人のスカラザルン兵が順番に言葉を発している――しかも異様な事に、一つの台詞を適当にぶつ切りにして、三人が順に引き継いで喋っているかの様な――

「……私を知っているですか」

とユリシアは魔導機車から降りながら言った。

「ユリシアさん――」

「大丈夫、ミラベル様は念のために射出器についていていてください」

囁いてくるミラベルにそう囁き返して、ユリシアは三人のスカラザルン兵と向き合う。

「知っているさ。無論」

「知っているとも、長」

「い付き合いだものな」

と応じるスカラザルン兵。

口調や声音こそ淡々としているのだが、その言葉の裏にある種の嘲笑が滲んでいるのは、ユリシアのみならず他の者達も気づいた。

これは――

「……やはりあの艦橋に居たのはミオ様ですか」

くい、と眼鏡を指先で押しあげながらユリシアは言った。

「……さて？　何のこ」

「とかな……？」

とスカラザルン兵達はしらばっくれているが。

「とはいえ、この嫌らしい、相手をなぶる様な喋り方、ミオ様ご本人とは思えませんです」

ユリシアは構わず言葉を続けていく。

「ほう？ それは断」

「言しても良い事か」

「な？ 人は変わる」

「ぞ……？」

とやはりスカラザルン兵達が挑発的(ちょうはつてき)な言葉を投げてくる。

しかし──

「あのミオ様らしきスカラザルン兵はここには居ない……そして、その、三人が一人であるかの様なしゃべり方。なるほど？ 理論はどこぞの賢者(けんじゃ)の研究書で読んだことがありますですよ」

とユリシアも──珍(めずら)しく挑発的に、歯を剥(む)く様にして笑った。

「一人が全員、全員が一人。複製した擬似(ぎじ)人格を対象に植え付ける事で、均質な思考と能力を持つ軍団を作る──仮面は魔術通信用の受令器ですか」

「……!?」

とミラベルや魔剣士達が驚(おどろ)きの表情を浮かべるが、ユリシアはそちらにはかまわずすらすらと自分の考えを続けて述べていく。

「ミオ様には普通の魔術は『外側』からは全く効かないでしょうから……恐らくその仮面から何らかの器官が体内に挿入されてますですね？　スカラザルンお得意の生体加工魔術か何かですか？」

「…………」

「私が霧を蒸気で切り裂いた事で、一時的に〈コロモス〉の魔術破りの赤い霧が取り払われ、あの戦艦と魔術通信が繋がったですね？」

「……ふうむ」

とスカラザルン兵達が一斉に腕を組んだ。

「さすがは、〈異界の」

「勇者〉に付き従った」

「魔術師の末裔か」

「その知見、賢者の称号を得て」

「も良かろうになぁ？」

「案外、貴様を最初に」

「除けておくべきだった、か？」

ユリシアが見破った通り、恐らくスカラザルン兵達は全て同一の思考をする様に、そして魔術で繋がって、常に差を無くす様に、調整されているのだろう。

「まあ良い……」

スカラザルン兵達が一斉に鉈を構える。

「今、排除を試みても」

「結果に差は無――」

台詞は飛来した鉄杭によって強制中断された。

ユリシアが身振りで『撃て』とミラベルに伝えたのだ。

黒い鉄杭に胸や腹を貫かれたスカラザルン兵が吹っ飛んで地面に転がる。同時に魔獣達が地を蹴って突撃してくるが――

「奔れ〈閃炎〉っ！」

「奔れ〈迅雷〉っ！」

「叩け〈轟槌〉っ！」

「叩け〈爆槌〉っ！」

魔剣士の少女達が一斉に――いや微妙に機をずらして放った魔術が、魔獣達の鼻面に炸裂する。

威力は控えめだが、強力な閃光や稲妻に眼を焼かれて姿勢を崩す魔獣達に、更に真上から衝撃を伴う炎熱波が叩きつけられる。

ぱきん、ぽきん、と──骨の折れる、身の毛もよだつ様な乾いた音を立てながら、魔獣達は壊れた人形の様に四肢を、あるいは首をおかしな方向に曲げて、その場に伏していた。

いずれも痙攣している状態で、とてももう戦闘は不可能だろう。

「おおっ──」

同じく魔術を放とうとしていた近衛騎士団の騎士達はただただ感嘆の声を漏らしていた。

彼等も戦闘態勢に入ってはいたが、通常の魔術を行使する手順はどうしても魔剣士のそれよりも遅れてしまう。

こうした、即応性を求められる遭遇戦においては、やはり魔剣士が強いという事だ。

ともあれ──

「他の魔獣やスカラザルン兵にもこの位置がばれた可能性があるです。急ぎ移動を」

とユリシアはミラベルらにそう言って──

「……若様。どうか迷われる事無きよう」

超重揚陸戦艦のいるであろう方角を見遣って、彼女はそう呟いた。

鋼の撃ち合う音が、鋼の壁と床に囲まれた空間に跳ね回る。

十人を超えるスカラザルンの仮面兵士、それに十頭余りの〈プリオムル〉に囲まれて、ジンとリネット、それにルーシャは対応に追われていた。

「――っ！」

魔獣の爪を破魔剣で受け止めたリネットが短く呻きを漏らす。

それでも彼女は止まる事無く、するりと身体を入れ替えて爪の斬撃を受け流し、魔導機剣で斬り付ける。この一年間の修行の成果が身体の中に刻み付けられているのだ。

だが――

「くっ――」

刃が相手の肉体に食い込まない。

〈プリオムル〉が『服』を、いや、『鎧』を着ているからだ。

軍用馬に装甲を被せるのは珍しくないが、元が猿である〈プリオムル〉に胴体部分だけでも防御装甲を施すのは、そう突飛な発想ではないだろう。

〈プリオムル〉の敏捷性を損なわないようにと、見た目は単なる布の服だが、内側に鋼の糸や鉄片を縫い込んであるのか、刃が魔獣の表皮に届かないのである。

「魔術が使えたら――」

と傍らで同じく〈プリオムル〉と戦っているルーシャが忌々し気に漏らす声が聞こえる。

この場に〈コロモス〉は居ないが、それでもリネットらは魔導機剣による魔術投射攻撃が使えないのだ。

元々、あちらこちらが狭い上に複雑な形状をしている艦内で、迂闊に大威力の魔術を使うと……その威力が逃げ場なく、自分にも跳ね返ってくる事がある。

爆発や電光を伴う攻撃魔術は特にその余波がどんな被害を及ぼすかが読みにくい。

「魔術は迂闊に使うな、何度も言うが！」

と自身も仮面兵士の攻撃をさばきながらジンが重ねて言う。

「相手も使えないんだ、条件は変わらない！」

「でもジン先生――」

とリネットが悲鳴じみた声で応じるのは――純然たる体術や剣術で戦おうにも、元より敏捷性や膂力で人間を上回る魔獣相手では、たとえ魔剣士側が肉体強化の魔術を併用していても、楽勝、という訳にはいかない。防御面が強化されていれば猶更だ。

しかも――

「――ふっ！」

短く呼気を吐きながらジンは〈影断〉で刺突を仕掛ける。

相手の振り下ろす鉈を避けつつ、姿勢が崩れたところに一点突破で切っ先を送り込む。

それは問題なくその肩を貫いた——が。

「…………」

何ら痛痒を感じていないかの如く、仮面兵士の動きは変わらない。乱れもしなければ遅れもしない。どんなにやせ我慢をしようが、剣に身体を貫かれれば、必ず何らかの反応が出る筈なのに。

（痛覚も殺してあるか……恐らくは魔獣もだな……）

だとすると厄介だ。

ジンのリネットらに教えた身体強化の体内魔術——〈覚殺〉では、強化の度合いを一定以下に制限している。

あまりに強化しすぎると、戦闘直後に肉体が自壊を始めるからだ。

だが仮面兵士や魔獣は、そのあたりの事を気にしていない可能性がある。兵士や兵器など使い潰せばよい——そう考えるなら、限界を超えた強化を施す事も可能である。

（唯一、リネットらに有利な点があるとすれば……連中の動きが妙に画一的な事か……先読みはしやすいからこそ、数の不利をものともせずに、何とか耐えられているが）

それもいつまでもつかは分からない。

ましてこの規模の艦なら運用に必要な乗組員は軽々と百名を超えるだろう。それらが全員押し寄せてきたら、もうとてもさばききれない。

（仕方ない――リネットらには直に見せた事も無かった奥の手だが）

ジンは血を媒介とした攻撃魔術、血戦魔剣術を使って状況を打開する――つもりだったのだが。

「――!?」

がん！　とジン達の頭上で鋼の音が響く。

自分達の戦闘とは全く関係ない位置からのそれに、一瞬、ジンらは注意がそれて――

「――え？」

呆然とルーシャが声を漏らす。

それも当然。

彼女の頭上に位置していた、一抱え程もある太い導管――それが内部から破裂したかと思うと、そこから、仮面の内側についていたのと似た、しかし何倍も太く長い触手が、ずるりと姿を現したからだ。

そんなところから、いきなりそんなものが出てくるとはジンも思っていなかった。

だからこそ――ルーシャは動きが鈍る。

そこに触手が巻き付こうと――

「ルーシャっ!!」

横手から飛び込んだリネットが、ルーシャを突き飛ばす。

結果、触手の先端はルーシャの背中を擦っただけに終わったが――

「リネット!?」

床に転がりながらルーシャが悲鳴じみた声を上げる。

一度は空振りした触手が――彼女の代わりにとばかりに、リネットの身体に巻き付いたからだ。

「――っ！」

咄嗟に仮面兵士と斬り合いながらも、袖口から投擲短剣を放つジン。

だが――短剣はリネットに巻き付いた触手に突き刺さったものの、仮面兵士ら同様に痛覚が殺されているのか、そもそもそんな高度な神経を備えてはいないのか、触手の動きに変化は無い。

それどころか――

「あああっ!?」

他にも壁面を構成していた鋼板が何枚かはじけ飛んだかと思うと、次々と触手がうねくりながら出てきて、それらが悲鳴を上げるリネットを包み込んでしまった。

「このっ――」

ジンは眼の前の仮面兵士を切り伏せると、血戦魔剣術を展開。

〈影斬〉の上に這わせた己の血を以てその刃を伸長させる。

一気に五倍以上の刃渡りを得た赤い〈影斬〉を以て、ジンは触手を斬りつけようとして
――しかし。

「――なに⁉」

轟音と共に天井から鋼鉄の隔壁が下りて――いや落ちてくる。

ジンの放った血刃の斬撃は、しかし分厚い鋼板に大きく食い込んで、しかし更に重なる様に堕ちてきた隔壁に血刃がへし折られていた。

「こんな仕掛けを――」

既にリネットの姿は隔壁と触手の向こうで見えない。

代わりに――

「リネットっ‼」

親友の名を呼ぶルーシャの声に、鋼の撃ち合う音が響く。

半狂乱になりながらも——意識はリネットの方に向いたまま、真面目にジンの課した杖剣術修練をこなしていたルーシャの身体は、魔獣が振り下ろしてきた爪の一撃を受け止めていた。

だがそこまでだ。

片膝をついた状態で、魔獣の爪を撥ね除ける力は、さすがにルーシャには無い。

「くそっ——」

ジンは身を翻し、ルーシャを押さえ込んでいる魔獣の背中に、再構成した血刃で斬りつける。高速振動を乗せたジンの血刃は、〈プリオムル〉の胴体を防刃服ごと両断した。

どさりと音を立てて床に転がりつつも、未だじたばたと両手を動かしている魔獣の上半身は、猿と言うより、ある種の虫か何かの様にも見えた。

「リネット！　リネット‼」

ルーシャは隔壁に駆け寄ってこれを魔導機剣で滅茶苦茶に斬りつけるものの、魔術を使わずにこれを斬る事など出来る筈がない。

「断て——〈雷刃〉ッ！」

「馬鹿、よせ——」

押し寄せてきた三匹の魔獣の相手をしながら、ジンが声を上げるが、ルーシャには聞こえていなかったらしい。

その直後にジンは魔獣を撫(な)で切りにしたが、ルーシャの制止は間に合わなかった。

彼女が発動させた〈雷刃〉の魔術——超高温(ちょうこうおん)の電離気体(プラズマ)で鋼鉄をも焼き斬る、いや、溶(と)かし斬るその一撃は、確かに隔壁を一枚、切り裂いたが——

「——きゃあっ⁉」

大量の火花が散り、溶けた鋼鉄の雫(しずく)がばらまかれる。

開けた場所でなら問題が無かった〈雷刃〉の魔術も、こうした閉所では——鉄をも溶かし斬る超高熱(ちょうこうねつ)の逃げ場が、無い。

急激な加熱で膨張(ぼうちょう)した——爆発にも似た勢いで押し寄せた空気になぎ倒され、ルーシャは悲鳴を上げてジンの足元に転がってきた。

「ルーシャ！」

咄嗟にジンは彼女を抱(だ)き起して様子を見る。

皮膚(ひふ)にははっきり損傷が出る様な、酷(ひど)い火傷(やけど)こそ負っていない様だが、彼女の顔や手のあちこちに、赤く腫(は)れている部分が見受けられる。

すぐに冷やしてやらねば水膨(みずぶく)れになるだろう。

「くそっ——」

ジンは〈影斬〉に這わせた血の水分を急速に蒸発させて気化熱による冷却を開始。氷の様に冷えた〈影斬〉を彼女の赤く腫れた部分にあてながら、周囲を見回す。

だが――

「…………？」

何故か敵側に増援が来る様子は無い。

それどころかこれを好機と斬りこんでくる事も無い。

魔獣は全滅していたが、仮面兵士はジンが討ち漏らした二名ばかりが、壁際に立っている。しかも――

「ジン・ガラン」

「ド侯爵。リネッ」

「ト・ホーグはもら」

「って行くぞ」

触手に口を塞がれているであろう状態で、どうやって喋っているのかは謎だが、仮面兵士らはそう告げてきた。

しかも二人が一つの台詞を引き継ぎ合いながら。

「こいつら――」

奇妙に画一的な動き。

そして今のしゃべり方。

人格を抑制する仮面。

恐らくこの連中は――

(いや、それ以前に、こいつらリネットの名を?)

しかもガランド家に引き取られる前の、旧姓を口にした。

最初からリネットの事を知っていたのか。

あるいは、バルトルト・ゴルバーンの実験について、知っていた?

つまり……ジンよりも、ルーシャよりも、自分を殺す為の兵器にする為、人体実験されていたというリネットを、最初に押さえたという事か?

「また、後ほど」

そんな言葉と共に仮面兵士達がリネットが消えた隔壁とは別方向へと後退していく。残り二人ではジンらを制圧できないと考えたのか、それとも最初からリネットをさらうのが目的だったのか。

いずれにせよ――

「リネットっ……! リネット、リネットぉっ……!!」

ジンに暴れないようにと抱き締められながら、ルーシャは喘ぐ様に友人の名を呼び続けていた。

●

ミラベル達が率いる機車と馬車の隊列は、尚も郊外に向かって移動中だった。

とりあえず霧は薄くなりつつあり、先に一度遭遇して以降はスカラザルン兵や魔獣とも出くわしていない為、皆の――特に若い近衛騎士達の表情には、少しずつ余裕が出始めている。

中にはこの場でアリエル、クララ、ヨランダ、ローレルの四人に、魔剣術の指南を求める騎士達まで出てきていた。さすがに四人娘達は自分達は未だその域ではないと断っていたが。

そして――

「…………何、これ」

ユリシアに乞われて後続の馬車の中から、先頭の魔導機車に移ってきたウェブリン女学院保健教諭のヴァネッサ・ザウアは……先に斃されたスカラザルン兵士の遺体を調べていたが。

「そもそもこの仮面にくっついてる触手とか何なのよ」

顔をしかめて——遺体ではなく仮面の触手を手術小刀でつつきながらそう言った。

「というか仮面に癒着してるけど……元は貝か何かの一種？　巻貝みたいな一枚貝？　仮面も生物組織だったりするのかしらね？」

「恐らくは生体組織を用いた魔術の受令器の一種なのです」

と魔導機車を運転しながら応じてくるのは、ユリシアである。

彼女の隣には先程と変わらず、ミラベルの姿も在る。

代わりに貨物部に居たデイヴィッドと四人の少女魔剣士達は、ヴァルデマル今上皇帝を運んでいる馬車に移っていた。

これは単に、死体を検分する様子を、未だ幼いデイヴィッドに見せない為なのだが——

「えげつないわね……こんなの口にねじ込まれたまま、こいつら戦ってたの？　っていうか喋ってたでしょ。どうやって？」

「恐らくですが、仮面そのものを振動させていたのではないかと」

「………何でもありね」

「他に何か気づいた事はあるですか？」

とユリシアに問われ、ヴァネッサはしばらく頭部以外も服を脱がせて調べていたが。

「……これは」

兵士の左腕――その肘の内側辺り。

そこにまるで泡立っているかの様な、不自然な凹凸――痕跡がある。まるで何度も何度も注射針を刺して抜いたかの様な。

「点滴の痕？」

「兵士の腕にですか？」

「ええ。さもなくば注射の痕。でもさすがに治療の痕って事はないわよね、あんなに元気に立ち回ってたんだし」

とヴァネッサは言うが。

「……ちょっと気になったですが」

「なにが？」

と応じるのはミラベルである。

「これまでに私達が遭遇した敵兵や魔獣……遭遇頻度と、ヴァラポラスの広さからすれば、百やそこらの数ではない筈なのです」

「まあそれはそうでしょうけど」

「あの超重揚陸戦艦は、確かに大きいのですが」

建物の向こう、いまだ晴れぬ霧の中で、その威容を黒々と示している巨大戦艦を見遣ってから、ユリシアは首を傾げた。

「あの構造、あの機構、そしてあれを運用する人数が短期間とはいえ中で生活する為の空間、そして、魔獣を入れておく檻……あの大きさでは足りないのではないかと」

「足りないって——でも現に」

「ですから、生活していなかった可能性はあるですよ」

「……!?」

「つまり、薬物か何かで眠らせて、貨物の様に積んでいたのではないかと。魔獣を運搬する際によくやる方法であるらしいですが、同じ事は人間にも可能でしょう。実際、大型の猿を基にしている〈プリオムル〉もいる事ですし」

つまり……眠らせた状態で運び込む為、その間の栄養補給や生理機能維持のために、栄養剤や調整薬剤を、点滴や注射で投与していたのではないか、という事である。

「それにしたところで、やはり足りないように思えるのですが。船としての運航と、歩行機関としての運航、倍の人員が必要になる筈で」

「………」

「ひょっとしてですが、あの超重揚陸戦艦、制御系は――」

ユリシアは眼鏡の上に片手を添えて、改めて件の巨大戦艦を見つめながら――短く溜息をつく。

「いえ。多分、思い過ごしなのです。いくら何でも」

「…………」

ミラベルとヴァネッサが顔を見合わせる。

ユリシアの表情は、二人がこれまで見た事もない程に、厳しいものだった。

●

「……リネット……」

鬱々として湿った声が鋼鉄の床板の上に零れ落ちる。

ジンは――ルーシャを抱き締めたまま、物陰に身を潜めて座り、彼女が落ち着くのを待っていた。

どうもこの超重揚陸戦艦は、魔術なのかそれ以外の方法なのか――ありとあらゆるところに敵の目が光っているらしい。

その上、何処からあの触手が出てくるかわかったものではない。

こうなると、物陰に身を潜めたところで安心など出来る筈も無いが、それでも広い場所の真ん中に座り込むよりはマシだろう。

「……ジン先生……」

ルーシャが涙に濡れた顔を上げてくる。

普段から落ち着いていて、物事の判断が非常に速い――冷徹とも言える程の割り切りを見せる彼女が、こんなにも取り乱すのを見るのはジンも初めてだった。

それだけルーシャにとってリネットは大事な存在なのだろう。

一度は仲違いしてしまった上で、その関係が修復されたからこそ尚更に、その絆は強く、リネットはルーシャにとってかけがえのない友人なのだ。

そんな親友が――自分を庇ったせいで敵に捕まり、生死不明だという事実にルーシャは耐え難い苦痛を覚えている。

「ごめんなさい、ごめんなさい、私の――私のせいで」

そう謝ってくるルーシャは……むしろガランド邸に来たばかりの頃のリネットにも似ていた。

あるいは今でこそ才媛として知られてはいるが、幼少期には彼女もまた『無能』――いや『劣等』である事を周囲から責められ、萎縮していた事があったのかもしれない。

（気持ちは分からないでもないが——）

とジンは溜息をついてから。

「お前を庇ってリネットが敵に捕まったのは事実だが」

「…………」

びくりと身を震わせるルーシャ。

だがジンは彼女をより強く抱きしめながら——

「敵は『リネットをもらっていく』と言った。つまり殺していない。殺されていないなら取り返しがつく。文字通りに取り戻せる」

「…………！」

「俺が適当な慰めを言っても、お前は納得しないだろう。事実は事実だ。それを戯言で捻じ曲げても、一時的な気持ちの落ち着きをのぞけば、何も得られるものはない」

「……………はい」

目元をぬぐいながらルーシャは頷く。

少しはいつもの彼女が戻ってきた様に見えた。

「お前のせいでリネットが捕まったというのなら、取り戻す為に全力を尽くせ。それで……差し引き零、チャラってもんだろう？」

そう言ってジンはあえて歯を剥く様にして笑った。

「ジン先生……」

「とりあえず腕を離すぞ」

「え？　あ、は、はいっ……」

そういわれて初めてルーシャは自分がジンに抱きしめられていた事に気づいたかの様だった。頬を赤らめながら彼女は弾かれたかの様にジンから身を離す。

彼女がしっかりと自分の両足で立つのを確認してから、ジンも立ち上がり、周囲を見回した。

「当初と方針を変える」

「――え？」

ジンの宣言にルーシャは眼を瞬かせる。

「あの連中……どうも一人が全員、全員が一人の状態にされている様だ。恐らくはあの仮面と、そこに付随する触手で。魔獣を操る為の受令器と同様のものなのだろう」

「…………」

ルーシャは多少困惑の表情を浮かべながらも素直に頷く。

今はジンの判断を詳細構わず受け入れた方が早いと考えているのだろう。やはりこの少女は物事の判断が――割り切りが早い。そしてその分だけ状況への適応も早い。

「となると、艦長や艦橋要員を暗殺してもあまり意味が無い。相互に代替が利く可能性が高い。かといって全員を殺して回るとなると、さすがに時間が無いだろう。次の砲撃をされたら終わりだ」

「それは……ではどうなさるんです？」

「リネットを取り戻す事も含め、俺達はあの『触手』を追いかけよう」

とジンは壁や導管の破断した痕跡を――あの触手が出てきた跡を指さした。

「触手を隠す為だけの偽装でないなら、あの触手が出てきた導管は、艦内機関の為の――油圧か蒸気圧かは知らないが、動力伝達の為のものだろう。空調のものとは別の様だしな」

艦内の換気を賄う導管が別に設けられているのは、換気口周りを見ればそれと分かる。

「つまり、あの導管をたどっていけば、リネットが居る場所かどうかはさておいても、この戦艦を動かしている動力源に辿り着ける。それこそ、そこであの〈雷刃〉やそれに類する高威力の対装甲攻撃魔術を用いれば、問題なくこの戦艦の動きを止められる。恐らく動力源が破壊されれば、砲撃も出来ない」

「……確かに」

「構造上、動力源や推進機関は船底の方にある筈だ。艦橋へ――上へではなく、まずは下へ向かう」

そう言ってジンは鞘に入った〈影斬〉で床をこつこつと叩く。

「では行くぞ」

「はいっ――」

歩き出すジンと、彼の背中を追うルーシャ。

二人して導管のつながりを追いかけながら――

（だが敵がリネットを連れ去ったのは何故だ？）

ジンは敢えてルーシャには告げなかった疑問を脳裏に思い浮かべる。

（自分を殺せる生きた兵器としての彼女を恐れたのなら、あの場で殺しておいても良かった筈だ。いや――そもそも）

この艦を今、取り仕切っているのは――恐らく艦橋に居た事、そしてその衣装等から、あの手の甲に特徴的な痣のある女性のスカラザルン兵だろう。

（あの『艦長』が姉上なのだとして、連中はどうして『異界の勇者』の末裔を――通常の魔術が使えない人間を、わざわざ現場に持ち出してきて使っている？）

その辺の事情が分からない事には、リネットも、そしてミオをも取り戻す事は難しかろう。一歩後ろをついてくるルーシャにはその顔は見えていないが——ジンの表情は、自然と険しいものになっていた。

●

艦底には——程なくして辿り着く事が出来た。

何を考えているのか、ジンらを見失った訳でもあるまいに、敵は特に攻撃を仕掛けてくる気配は無く、接触してくる様子も無い。

しかも……

「なんなんだ……この艦は？」

ジンが眉をひそめてそう呟く。

実のところ……艦底と思しき下層にそう難儀する事も無く到達出来たのは、この超重揚陸戦艦の内部が『隙間だらけ』だったからだ。

床に。壁に。天井に。

何故？　と首を傾げたくなる位にわざわざ、何の意味が在るのかも分からない『隙間』が有る。その全てが、ジンやルーシャが通り抜けられる程の幅があった訳でもないが、中には三層をぶち抜くかの様な『縦穴』状態になっている個所も在った。

「うっかり足を踏み外して、落ちてしまいそうな場所だってありましたよね」

とルーシャも天井の『隙間』を見上げながら、何処か不安げにそんな事を言ってくる。

「乗組員の安全とか考えてないんでしょうか?」

「それ以上に、船体の剛性が――頑丈さが下がるだろうに」

と言ってからジンは気づいた。

「……そうか。『脚』か」

「――え?」

「わざわざ『脚』を出して歩かせていただろう。こんな巨体を自ら出して歩かせれば、どんなに頑丈に作っていたって、一歩毎に、どこかに『歪み』が出る。あの隙間はそれを吸収というか――それで艦体が破断してしまわないようにするための、『遊び』だった訳だ」

「なるほど……」

「とはいえ、つくづくスカラザルンの連中の考える事は謎だな」

とジン。

確かに単艦で敵の要地を攻略するには、地上でも活用できる戦力が有るのが望ましいが……だからといって戦艦を歩かせよう、と考える方が無茶だ。

それに――

「……というか、ルーシャ」

「はい？」

「どこかに『それらしい』ものが見えるか？」

「それらしいって――」

「動力源だよ」

眼を細めて周囲を見回しながらジンは言った。

艦底には、その巨体を駆動させる為の動力源が有ると踏んできたジンらだったが、それらしき魔導機関が見当たらない。勿論、それ以外の機関も見当たらない。

代わりに何やら、壁には例の触手を吐いたのと同種の導管が無数に走っており、床には円錐形の何かが――まるで個人用に用いる天幕の様な形の、しかし見るからに硬そうな、白い外殻の物体が、大量に並べられている。

だがそれだけだ。

断続的に駆動音の様なものは聞こえてくるが、それがどこから聞こえてくるのかが分からない。壁や床や天井に反響しているので、方向が特定できないのだ。

「これって……なんでしょう？」

とルーシャは床に並べられている円錐形を覗き込む。

いずれも壁のものとは異なる細い導管が複数本、繋がっている。気体か液体かは分からないが、何かを循環させているのだろうか。

「…………」

ジンは箱の一つにかがみこむ。

よく見れば全ての箱に小さな円形の——のぞき窓の様なものが設けられている。埃が積もっていたので、指先でこれを拭ってやると、硝子越しに中が見えた。

「…………！」

「ジン先生？」

とルーシャも覗き込もうとしたが。

「やめておけ」

「——え？」

「あまり気色の良いものではないぞ」

とジンは言ったものの——ルーシャは構わず中を覗き込んで、そしてジンの予想通り、息を呑んだ。

「これって……」

「保存容器なんだろうな」

とジンは言った。

「兵士や——あるいは魔獣の」

円錐の中には、まるで衣裳棚の服の様に、人間が吊るされていた。それも白い仮面を被ったまま。

「中で乗組員が動き回る事なんて、考えていない筈だ——そもそも殆ど乗組員が居なかったのか」

居たのは……いや『積載』されていたのは、上陸後の戦闘要員と魔獣ばかりなのだ。スカラザルン兵は、乗組員としてではなく、荷物として、最大効率で積み込める様に、眠らされて『箱詰め』ならぬ『円錐詰め』されているのだ。

中の人間には、腕に細い軟導筒が繋がっているのも見えた。恐らく最低限生かしておく為の栄養を直接、血液内に投与しているのだろう。

「でも、じゃあどうやってこの戦艦は……」

「……乗組員が居ない。動力源も無い。スカラザルンの兵器」

ジンは呟きながら壁に向かって歩き、そこに何十本と這っている導管に手を触れる。

「つまり……」

導管はほんのりと温かい。

この内側をあの触手が這っているのか。

あるいはあの触手は――

「――ジン先生！」

ルーシャの鋭い叫びにジンは振り向く。

ジン達が通ってきた『隙間』から――白い衣装の人影がふらりと姿を現していた。

左右の手に剣を携え。

長い金髪を揺らめかせ。

見覚えのある姫騎士の白い戦装束。

そして、その顔には――スカラザルンの兵士達と同じく白い仮面。

「まさか――」

ルーシャが震える声でつぶやくのが聞こえた。

「リネット……なの……!?」

「…………」

答えは無い。

代わりに――

「――〈炎刃〉」

掲げた魔導機剣が――まるで鍛鉄中であるかの様に、赤く光り、その熱で微かに陽炎を纏うのが、見えた。

●

薄暗い虚空に紅く燃える刃の軌跡が刻まれる。

まるで空間そのものを裂いているかの様に、残像に沿って風景が歪むのは、剣が帯びる高熱で空気が揺らいでいるからか。

「あれは破魔剣で受けるな――折られるぞ」

最初にジンはそう告げてきた。

この為、ルーシャはひたすら体さばきで仮面の剣士の――リネットであろう相手の攻撃を避け続けている。

本来、破魔剣は魔術攻撃に対する『盾』の役割を果たす。

破魔剣に触れた魔術は、その術式を解体されて破綻する為、効果を維持できない。リネットの〈炎刃〉も破魔剣で受けてやれば、剣を赤熱化している魔術は無効化できる――筈

ではあるが。

（そっか……高熱……）

目の前を通り過ぎる紅い刃を――その刃が帯びる熱を感じて、聡明なルーシャはジンの言った事を正しく理解した。

あの魔術は剣を『芯』としてその周囲に超高熱の『場』を設定するものだ。つまり外向きに熱を放散する薄い膜が被せられている様なものである。

剣を直接過熱している訳ではない。

そもそも剣を作る作業は――いや剣に限らず鍛鉄という作業は、鋼を高温に熱して行われる。融解する程の温度でなくとも、一定以上の高温になると鋼はその個体としての頑強さを失っていく傾向にあるからだ。

故に――

（斬られるのではなくて――折られる）

迂闊にあの〈炎刃〉と破魔剣で切り結んだ場合、魔術は相殺できても、瞬間的に加熱された剣身が、脆弱化して折れる危険性がある。

だからひたすら避けるしかないのだ。

だが――

「…………」

「リネットっ！　リネットなのよね⁉」

仮面を被っているので顔こそ見えないが、背格好からして、何よりその衣装や魔導機剣、破魔剣からして、リネットなのは間違いない。

だが何度呼び掛けても返事は無い。

やはりあの白い仮面に支配されているのか。

ただ──

「……ならば」

そんな呟く様な声と共に、ジンがルーシャとリネットの間に割って入る。

見知った道を散歩しているかの様な気負いのない足取りながら、彼はまるで危なげなく、一撃必殺の凶器が振り回される間合いの内に踏み込んでいた。

「仮面を破壊するのが簡単な一手──だが」

ジンの愛用の剣──破魔剣〈影斬〉が奔る。

ただし半ば密着する程の間合いで、剣を振り回す事は出来ない。

一瞬で逆手に持ち替えられた〈影斬〉のその切っ先、ではなく、反対側……柄頭がリネットの仮面に叩き込まれる。

ジンの腕力なら仮面の材質がたとえ鋼でも、大きく歪めるなりなんなりする事は出来るだろう――とルーシャは思ったが。

「――え？」

と思わず声が漏れる。

ジンの〈影斬〉がぶれた――かと思うと、その軌道がずれた。

柄頭はリネットの仮面をこすって抜けて、代わりにジンの肩に赤熱化した魔導機剣が振り下ろされる。

さすがにリネットとルーシャに杖剣術を教えた師だけあり、彼はこれを難なく避けた――が。

「――っ！」

次の瞬間、ジンはいきなりルーシャを、蹴ってきた。

「はうっ⁉」

ジンに蹴られて――強くではなかったが、ルーシャは三歩、四歩と後ずさる。どうして？という疑問は、しかし次の瞬間にすぐに答えを得る事が出来た。

轟、と鳴動する空気。

顔を打つ熱風にルーシャは顔をしかめる。

リネットが魔導機剣の赤熱化をさらに重ね掛けしたのだろう。

瞬間的に倍増した熱量は、空気を膨張させ、加熱し、ジンとルーシャに襲い掛かる。爆発に晒される様なものだ。下手をすると呼吸するだけで肺を焼かれる。

ジンは――強引に蹴り飛ばして距離をあけさせる事で、ルーシャを庇ってくれたのである。咄嗟の事で、どうしても乱暴なやり方になったのだろう。

「…………」

一瞬、ジンの黒い衣装が――彼が己の顔を庇う様にして掲げた左の袖が、燃える。

だが耐火対刃に何か塗り込んであるのか、縫い込んであるのか、ジンが腕を一振りすると火は消えていた。

「なるほど、溢れんばかりの魔力ならそういう使い方も可能か」

とジンは顔をしかめながら言う。

斬り合わなければよいというものではない。

相手が斬撃を避ければ、剣を――その周囲の空気を瞬間加熱、爆発にも似た急速膨張で追い打ちをかける事が出来るという事だ。

同じ魔術なら改めて歩法と呼吸で式を編み上げなくても連発出来る。

魔力が尋常でない程に豊富な状態のリネットならば、こういう戦い方もある、という事なのだろう。

「ジン先生、大丈――」

「さすがに今の、このリネットはお前には荷が重い」

リネットと向かい合いながらジンはそう言った。

「敵の操り人形になっているから、お前を相手にしていても一切怯む事も躊躇う事も無い」

更に振り下ろされる赤い魔導機剣を避けながら、ジンが言ってくる。

途中、何度か剣を『爆発』させる攻撃を仕掛けられてはいたが、その全てを――回避不能の全方位攻撃を、しかし彼は外套の袖や襟で受け流していた。

もっとも、それは彼の衣装が炎上していない、というだけで彼は火傷を負っている可能性が高いのだが。

「対してお前はリネットを殺す積りでかかる事は出来ないだろう」

「そ、それは――」

その通りだが。

それはジンも同じだろう。

勿論、ジンの体術ならばルーシャには無理な動きも――殺さぬように手加減しつつもリネットを制圧する事は可能なのかもしれないが。

（結局、私はリネットを助け出す役には――）

まるで立てていない。

それこそジンが言う『チャラ』に出来ていない。

割って入る隙すらまるで見いだせないジンとリネットの斬り合いを見ながら、不甲斐ない、とルーシャは自分を責めた。

ただ――

「――っ⁉」

ジンの姿勢が――動きが一瞬、乱れた。

そこにとどめとばかりに振り下ろされる赤い魔導機剣。

崩れた姿勢ではこれを回避できない。咄嗟にジンは〈影斬〉を掲げて受けた――が。

異音。

次の瞬間、ジンの〈影斬〉は、彼自身がルーシャに指摘した通り、剣身を半ばで折られていた。切っ先から半ばまでの部分が空中で回転しつつすっ飛んで、壁に突き刺さる。

「ジン先生！」

「――来るな」

駆け寄ろうとしたルーシャを、しかしジンの声が押しとどめる。

「……出てきたか」

彼が呟いて見遣る先。

そこには――

「――ああ。出てきてやったとも」

白い仮面を被ったスカラザルン兵が一人立っていた。

他の戦闘員らしいスカラザルン兵と異なり、士官の様な衣装の上から深紅の外套を羽織っている。またその軍服の胸元ははっきりと盛り上がっていて、その兵が女性である事が分かった。

そして。

その手には――甲に特徴的な痣のある手には、指の間に挟む様にして二本の投擲短剣が携えられている。

先程、ジンの動きを乱したのは死角から投げられたその投擲短剣だったらしい。それは彼の足元に転がっていた。彼の着る防刃服を貫いて刺さらないまでも、彼の動きを乱して隙を作る程度の効果は在ったという事だろう。

「…………」

ふとリネットが攻撃を止めて後ずさる。

彼女はまるで足元も見ないまますするすると、時間を逆に進めるかの様な滑らかさで後ろ歩きして、手の甲に痣のあるスカラザルン兵の横に並んだ。

「改めて自己紹介をしておこうか」

言ってそのスカラザルン兵は見せつける様にその痣のある手を己の、豊かな膨らみを示す胸にあてる。

どこかひどく芝居がかった――この場においては、ジンらを嘲っているとしか思えない、仕草だった。

「我が名はアノニス。アノニス・ドナルラグ――スカラザルン帝国の七賢者の一人、大賢者とも言われている者だ」

言ってそのスカラザルン兵は何かを服の下から取り出して見せる。

剣の――剣身が無い柄だけの様な。

その部分だけを見ればそれはとてもジンの、折られたばかりの〈影斬〉とよく似ていた。

「……こちらが名乗る必要は無いな？」

「勿論だとも、『異界の勇者』――『魔王殺し』の末裔、暗殺貴族〈影斬〉ジン・ガランド侯爵」

アノニスはやはり芝居がかった仕草で一礼する。

「わざわざ俺達の前に出てきたのは何か理由が？」

「それも勿論だ、勿論だとも」

と頷くアノニス。

「以前よりも興味を持っていたのだが——ガランド家の血統は実に興味深い。研究のし甲斐がある。だからわざわざ、魔術砲弾の弾殻に何か所も『ミオ・ガランド』の名を刻んでおいて、興味を引き、御足労願った訳だ、もう一人のガランド家の血統」

「…………」

ジンは無言。

だがその表情はひどく険を帯びていた。

「気づいていると思うが、魔獣〈コロモス〉は培養したガランド家の人間の器官を、一部移植して作られている。〈コロモス〉の吐く赤い霧は、事実上、ガランド家の人間の血と同じだ」

つまりは……ジンが魔術を無効化できる『体質』と〈コロモス〉の赤い霧は基本的に同じ原理だという事だろう。

『異界の勇者』の血族の毛髪や血肉を剣に組み込んだのが破魔剣で——生き物に組み込んで魔術を無効化できる物質を『生産』し散布出来る様にしたのが〈コロモス〉なのである。

「この身体のおかげで色々と研究が捗った。だが万全には足りない。全く足りない。特にガランド家の血統、男と女でその特性の顕れ方に差があるのかどうか、は検証できていない」

言ってアノニスは己の女性らしい膨らみを示す胸に――左の乳房に指を食い込ませる。

「ガランド家の血統同士で近親交配して生まれる子供、というのも検証したい対象だ」

それはつまり――

「お前の実験動物になれと？」

あるいは品種改良の対象である家畜の様な。

「そうだとも。悪い話ではないだろう？　少なくとも了承すればこの娘に殺されずに済むぞ？」

とアノニスが指さすのは傍らのリネットだ。

だが――

「お断りだ」

怒る、というより物憂げな表情でジンは答えた。

「百歩――いや千歩、万歩譲って、貴様の言う様に『悪い話ではない』としても。こちらには貴様の言う事を信用する理由が何処にもないんだ、スカラザルン。リネットを、俺の身内を操って俺達にけしかけているのはお前自身だろうが——どの口でほざく？」

「——ああ」

とアノニスは頷く。

「なるほど、なるほど、そう思うのも道理だが。仕方のない事だが」

「………？」

「ジン・ガランド。リネット・ホーグは、スカラザルン七賢者の一人、バルトルト・ゴルバーンによって作られた、ガランドの血族を殺す為の、人間兵器だ」

平然とアノニスはそんな事を言ってくる。

「試作段階で事故が起きて、バルトルトの小僧は志半ばで死んでしまったがね」

「——!?」

と驚きの表情を見せるのはルーシャだけで。

ジンは……まるで察しがついていたかの様に、その物憂げな表情を崩してはいなかった。

「つまりジン・ガランド、貴様は自分の天敵を、自分を殺す為に造られた娘を命がけで取り戻そうとしている訳だ。滑稽な話だな？」

低い声で笑いながらアノニスはそう告げてきた。

第章　同門死闘

アノニス・ドナルラグ。

スカラザルン七賢者の一人にして最古参——と言われている。

七賢者自体は、スカラザルン帝国の成立時に既に存在したと言われているが、当然ながらその顔触れは、百年二百年と時代の変遷と共に入れ替わっていた。

ただ『アノニス』の名は何時の時代にも七賢者の中に在った。

姓は——そして性別も何度か変わっている事を思えば、変わっていないのは単に名前だけだ。だからそれは代々受け継がれる称号の様なものだと周囲の人間は理解していたし、アノニス本人も尋ねられればそう答えていた——が。

「——複製人格？」

およそ十年前。

バルトルト・ゴルバーンが七賢者に列せられて二年目のある日。

アノニス・ドナルラグの屋敷にて。

バルトルトは――独り立ちして後も、師であるアノニスと食事を共に摂る事が多く、その席でたまに酒が入ると、立ち入った話をする事もあった。

師匠と弟子という立場で細かな研究上の意見を戦わせる事もあったが、賢者という立場を離れて個人的な身の上話をする事もあった。

大抵はバルトルトが話をして、アノニスが相槌を打つ、という感じではあったのだが
――その日、アノニスは珍しく饒舌だった。

いや、それどころか……

「それはつまり……」

と若干の戸惑いをその厳つい顔に示しながら、バルトルトはかつて師匠と仰いだその人物を見つめる。

十五年師事してきた。

アノニスの屋敷にも十年以上住んでいた。

故にバルトルトは、アノニスの姿については眼を閉じれば脳裏に寸分の狂いも無く描ける程には見慣れ、記憶している。

仮面は相変わらずだ。

だが、先日までのアノニスは男性だった筈だ。

今、バルトルトの目の前にいるのは、その豊かな胸を見ても分かる通りに女性だった。

勿論、魔術による生体加工技術が発達しているスカラザルンにおいては、性別を――少なくとも外見を、多少いじって変える事など、そう難しくはないのだが。

それにしたところで、これは何の酔狂か。

あるいはこれはアノニス本人ではなく、かの賢者が魔術で遠隔操作している傀儡なのかもしれないが。

齢三十五、末席とはいえ七賢者の一人であるバルトルトを『小僧』と呼ぶのは、今や師のアノニスだけだ。だからこそ食事に誘われた時も、素性を疑わず、素直についてきた訳だが……

「私にとって肉体は交換の利くものに過ぎん」

と杯を傾けながらアノニスは言った。

「元々私の意識、精神、人格と、肉体は不可分ではない。そのように『造られた』からだ」

その告白について、バルトルトが驚愕する無様を晒す事が無かったのは……十年以上、弟子としてその傍で寝起きしてきたが故に、うっすらと察するものがあったからだが。

「……造られた？　誰に？」

「――『大賢者』さ」

とちょっとした秘密を暴露するかの様にアノニスは言った。

「ヴァルデマル皇国では『魔王』と呼ばれているらしいな。かの国らしい、抒情的、感傷的な表現で結構だ」

とアノニスは言う。

『大賢者』もしくは『魔王』。

スカラザルン帝国の建国時、多大なる尽力をし、一度はヴァルデマル皇国を滅ぼさんとする程の権勢を誇った大魔導師。現在の魔術、魔導機関技術について、その基礎を作った偉人でもある。

倫理にもとる人体実験を繰り返していた為に、スカラザルン以外の国家では忌み嫌われているが、それでも『大賢者』の生み出した技術は既に世界中に広く行き渡っている。

「『大賢者』は、自分が『異界の勇者』に討たれる可能性も考慮していた。元々、傲慢とは程遠い人物であったのでな」

と――アノニスは仮面の下から笑い声を漏らす。

「常に怯えていた。『異界の勇者』に限らず、常に自分が誰かに殺される可能性については、検討していた。その上で彼がとった幾つもの対策の一つが、『自分の予備である複製人格を造り置いておく事』だった訳だ」

「………………」

「彼が最も怯えたのは、自分が殺される事で、自分が知り得た知識を得られなくなる、自分が成し得た技術革新がとん挫する事だった。心底から賢者、研究者だった訳だが」

この世の全てを知りたい。

過去のみならず未来に起こる全ての出来事を知りたい。

その為には死ねない。

その為には不老不死でなければならない。

では――人の身でそれを可能にするにはどうすればよいか？

もとより自分はあまり身体が頑強な方ではない。

だからこそ、それを補う為に魔術に傾倒した。

ならば不老不死も魔術で実現できないか。

肉体をどう改造すればよい？

肉体をどう補強すればよい？

強化された肉体と精神をどう馴染ませればよい？

それでも避け得ぬ経年劣化――老衰にはどう対処する？

それでも避け得ぬ事故にはどう対応すればよい？

「自分自身でなくても良い、と？」

「完璧な複製は意識も共有――いや共鳴する」

アノニスは言って仮面を指先で叩いて見せた。

「なので、自分の『身体が増える』といった感じか」

「魔術による……傀儡の遠隔操作とは違うのですか？」

単に傀儡を――『身代わり』を作って魔術で操るという方法ならば七賢者の誰もが可能な技術である。

七賢者に限らず、スカラザルンの皇帝やその重臣には、暗殺に備えて表に出てくるのはその傀儡ばかり、という者もいる。

「幾つかの部分で共通するものは在るが」

とアノニスは言って、白い仮面の下から盃の果実酒を啜る。

そういえば――とバルトルトは思う。

自分は十年以上も共に暮らしていて、師の仮面の下の素顔を見た事が無い。食事際すらアノニスは仮面と顎の隙間からものを食べていたからだ。

「傀儡と違って『操り糸』が切れても『複製』は自らの力で動き続ける。自ら考え、自ら判断し、自らが自覚を以て『複製元』の存在全てを継承する。そうでなければ役に立たないからな」

「…………」

「これは他にも利点があってな。身体が多いと、経験の積み上げが加速度的に上がっていくのだ。十体の身体が積む経験という『知識』は、それをより合わせる事によって、大量の実験を重ねるのと同様に、事実の背景にある法則や真理をあぶりだし易い」

「…………」

理屈は分かるが、バルトルトにはまるで共感できない話だった。

人間の意識に、そんな十倍もの身体から同時並行でもたらされる経験を、さばききれるものなのか？　十人分の意識が連結していれば、それは、さして難しい事ではないのか？それともその辺は何か無理を生じさせない技術が有るのだろうか？

「師匠――いえ、ドナルラグ。私には、しかし、今の師匠が以前の貴方とは少し違っている様に見えますが」

以前のアノニスならば、ここまで踏み込んだ話をしなかったのではないか。別にバルトルトに今知らせねばならない話でもあるまい。

だが――

「ああ。写したてでな」

事もなげにアノニスはそう答えた。

「この身体の元の人格に多少引きずられておるやもしれん。まあじきに馴染む。十代の小娘に、私を凌駕する精神力は発揮できまいよ」

「…………その『小娘』は何処から？」

「気になるか？」

「……いささか」

口調や言葉遣いは確かにバルトルトの知るアノニスのものだ。

だが声は明らかに違う。若い女性の声でアノニスの『台詞』を喋られると、やはりバルトルトには違和感がある。

わざわざ『身体』を乗り換えたのには理由があるのか。

そう思ったのだが――

「『異界の勇者』の血統さ」

「――!?」

「ヴァルデマルに潜伏中の特務工作部隊がな、見出して送ってきた」

スカラザルン帝国は、敵国であるヴァルデマル皇国に、常に一定数の密偵を――特務工作部隊を送り込んでいる。

この特務工作部隊は、ヴァルデマル内での情報収集を効率化する為に、奴隷商人と取引をして、『ヴァルデマル人の標本』を定期的に本国に送る、という事も行っていた。

この『異界の勇者』の末裔である娘は、そうした『標本』の一人なのだろう。

「魔力はあっても、魔術を練る事は出来ても、魔術を『外に出せない』という『呪い』を受け継いだ一族。非常に興味深い。魔獣にこの特性を組み込む事が出来れば、対魔術師用兵器として、非常に完成度の高いものが出来上がる筈」

「ですがその身体、魔術が使えないのでは……」

魔術士にとっては、手足をもがれるに等しい。

そうバルトルトは思ったが――

「言ったであろう。『外に出せない』と。自分の体内に内向きに作用する魔術なら使えるし、傀儡や他の『複製』に使わせれば問題ない」

確かにアノニスにとっては、さしたる問題にはならないだろう。

ただ――

「――師匠。いや、この場合は『大賢者』様とお呼びすべきですか？」

もしその『複製』が元の『大賢者』と寸分違わぬ、全く同一の人格なのだというのなら、自分は十年以上も、歴史に語られる偉人に師事してきた事になる。

「好きに呼べば良いが、まあ他の者がおる場では今まで通りにすべきであろうな。初代の『大賢者』が生きておった時代から随分と歳月が経過しておる。貴様の様に、『そうですか』と受け入れられる者もそう多くはあるまいよ」

とアノニスは言う。

「……わざわざ私にその話をされたのは、何故?」

「ああ。一つ貴様に頼みたい事があってな」

さらりとアノニスはそう言ってきた。

「……頼みたい事、ですか？」

「予備が必要だ。この『異界の勇者』の血統にも」

アノニスはその豊かな胸に手を当てる。

「……予備？　それは組織片を培養するといった方法ではなくですか？」

「もっと分かり易い方法があろうよ」

と言って盃を置き、アノニスは立ち上がった。

バルトルトの前に一歩進んで、椅子に座ったままの彼を見下ろし――

「この身体と比較対象する意味も含め、通常の方法で殖やすのを試したい。十月十日と、若干、時間がかかるが」

「…………!?」

バルトルトは硬直する。

それはつまり、バルトルトに、アノニスと――いやアノニスに身体を乗っ取られている『異界の勇者』の末裔たる娘と、子造りの為の生殖行為をしろという事か。

「お、お戯れを……」

「何が戯れか。真摯な研究であり実験だ。まあこの娘が貴様の好みでない、抱けぬ、というのであれば、子種だけでも提供してくれればよいがな」

と他人事の様に言うアノニス。

いや。他者の身体を、服の様に『着替える』事の出来る『大賢者』にとっては、本当に他人事なのだろう。

「な……何故、私に――」

とバルトルトは喘ぐような息の合間から辛うじてそう問うた。

「何故、と問うか、今更？」

アノニスが仮面の下で笑う気配があった。

「十五年、貴様が私の弟子であった期間、貴様の肉体の資料は十分すぎる以上に採った。

貴様の親兄弟の資料もな。貴様が子種を提供するのが最も検証し易い」

「…………」

ぱくぱくとバルトルトは口を開け閉めするが、最早、声が出ない。

ただ、唐突に一つの確信が彼の脳裏をかすめていた。

（師匠は……いや……これは……『大賢者』だったモノは……）

元々の『大賢者』がどういう人物だったのかは、勿論、バルトルトも知らない。

ただ、先にアノニス自身が言った様に、常人の何倍もの長さと密度で『人生経験』を積み続けてきた『複製大賢者』は、かつての本人と同一でいられるだろうか？

体を一度替えるだけでも引きずられる事があるならば。

何度も何度も体を交換しながら——その度に自己を複製して『生きて』きたこの『複製大賢者』は、既に『研究を続ける為だけのモノ』になりはててはいないか。

（嗚呼、師匠は——）

バルトルトは真摯に研究に打ち込むアノニスを尊敬していた。

いつか隣に並び立てる賢者になろうと、その一念で彼も精進を続けてきたのだ。性愛とは違うが、バルトルトはアノニスを愛していたと言っても過言ではない。

だがアノニスのその真摯さは——あるいは人間性の全てを複製の際にそぎ落としてきた

結果ではないか？

それとも元々『大賢者』とはこういう人格だったのか？

他者をただただ実験動物としてしか見ない——最も傍にいて十五年も寄り添ってきた弟子を、交配実験の対象位にしか見ない、そういう非人間的な人格が、何度もの『複製』——いや『転生』を経て、より精錬、純化されていったのだとしたら？

「……どうした、小僧？　まさかその歳で童貞という訳でもあるまい？」

するりと服を脱ぎながらアノニスが笑う。

瑞々しい少女の裸体を晒しながら、しかし、何十年と使い続けて、何処か古びた仮面はそのままに。

バルトルトは——

「ああっ——あああああっ⁉」

しかし次の瞬間、のしかかってくるアノニスを押し除けると、まるで怪物にでも追われているかの様に、四つん這いで——手足で必死に床を掻いて、その場から逃げ出した。

訳が分からない。

ただただ——怖かった。

『魔王』も『異界の勇者』も。

何故こんなモノが居る？

何故こんなモノが生まれる？

この世界に創造主たる神が居るとすれば——そいつはきっと、人間が狼狽える様を見て笑う、怪物に違いない。さもなければどうしてこんな奴等がこの世界に存在するのか。

（……滅ぼさねば……）

如何なる手段を使っても。

こんなモノは……この世界に在ってはならない。

自分でも理由のよく分からない涙を流しながら、無力な獣の様に這って、スカラザルン帝国七賢者の一人は、そんな確信だけを胸に抱いて逃げ続けた。

●

「子細は分からぬが、バルトルトの小僧は、その時、逃げ出してな」

とアノニスは言った。

「その後、しばらくは大人しくしておった様だが。三年ばかり後だったか……何をどう思ったか、ヴァルデマルに亡命までして、私を——いやこの『肉体』を暗殺する為の特攻兵器を造ろうとしたらしい」

言ってアノニスは改めて傍らのリネットの肩を叩いて見せた。

「ジン・ガランド――気づいているだろうが、この肉体、貴様の実の姉のミオ・ガランドのものだ。当然、魔術殺しの特質を受け継いでいて、この身体を殺そうとしても、その手段として攻撃魔術は適さない」

「………」

「確実に、ガランドの血統を暗殺したければ、初手で絶対確実にこれを葬らねばならない。例えば爆殺、とか」

「それって――」

と戦慄の表情を浮かべるルーシャを仮面の下の黒眼で一瞥し、アノニスは続けた。

「バルトルトの小僧は、元より魔力の『出し方』が下手なこの少女に、更に魔術を解体するガランド家の特性を移植し、『魔力がひたすら溜まる一方』になる個体を生み出した」

アノニスの右手がリネットの仮面をいとおし気に撫でる。

「バルトルトの小僧は〈コロモス〉開発の際に培養したこの身体の生体組織を持って逃げたのだ。そしてこのリネット・ホーグの脳に一部移植して、魔力の封じ込めと加圧を随時行える様にした」

「加圧……」

と眉を顰めるジン。

「実のところ、自爆型魔力特攻兵の素案は、小僧がスカラザルンに居る頃からあったのでな。私の方でも同種のものは作ったさ。リネット・ホーグ程ではないが、魔術の使い方が下手な人間に、この身体の組織を移植してな」

と言ってアノニスは明後日の方に手を伸ばす。

「概ね上手く行った。前代未聞の威力を発揮してくれただろう？」

「まさか、あの砲撃――」

ルーシャが身を震わせる。

首都ヴァラポラス全体に被害を及ぼし、今尚晴れぬ霧に閉ざしたあの最初の砲撃。

あれは――

「ともあれ」

アノニスは表情こそ見えないが、何処か楽し気に続ける。

「バルトルトの小僧は、焦るあまりに実験を強引に急ぎ、失敗して、リネット・ホーグの暴走に巻き込まれて死んだ――らしいな」

伝聞調で言うという事は、そのあたりの事はリネットを傀儡化した際に彼女の記憶を覗き込んだのか。

なんにせよ——

「ひどい……」

とルーシャが口元を覆いながらそんな感想を漏らす。

そう。リネットは大量の魔力を内部に蓄積し、最終的に自爆する事で『魔王』や『勇者』を滅ぼす為の存在だった。

そこにリネットの意志は微塵も介在しない。

リネットの人生は——『魔王』や『勇者』の存在にもてあそばれただけとも言える。

しかも——

「『魔王』殺しの兵器が、今や『魔王』の剣、『勇者』殺しの剣という訳だ——さて、もう一度問うぞ。ジン・ガランド——暗殺貴族〈影斬〉よ。私のものになるか、死ぬか、どちらが良い?」

「…………」

ジンは——溜息をついて。

「なるほど、初手の初手で『魔王』は自己複製に失敗していた訳か。『大賢者』なんて呼ばれた割にはなんだ、この頭の悪さは」

「……なに?」

「単に頭が悪いのか、それとも耳が遠いのかは知らないが。よく聞け、若者に寄生する大年寄りの変態」

ジンはアノニスを指さして言った。

「俺はお前に従う積りなんざないし、お前の頭のおかしな計画に従って姉上と子作りするつもりもない。お前は今ここで滅ぼす。中途半端な仕事をした先祖の尻拭いとして、暗殺貴族〈影斬〉が、完膚なきまでに殺してやるよ」

そう言って——ジンは折れた剣を掲げる。

その黒い剣身に、じわりと血の赤が滲み、それが広がり、折れる前の同じ長剣の形を成したのは、次の瞬間だった。

「………仕方ない」

あっさりとアノニスはジンの言葉を受け入れた様だった。

自分の提案に拘泥しない、というのはある意味で賢者らしい振る舞いではあったが——

「『異界の勇者』の血統のサンプルは多い程良いし、男と女で違いが出るかの検証もしたかったのだが。まあ、この肉体は母体として使って、殖やすとするか」

平然とアノニスはそう言い——続けてリネットに命じた。

「では、リネット・ホーグ。お前の本来の使命を果たせ」

「…………」

　リネットは無言で一歩前に出る。

「リネット!!」

　と悲痛な叫びをあげるルーシャだが――リネットは親友の言葉に微塵の反応も示さない。

　まるでルーシャなど見えていないかの如く、ジンに向かって真っすぐ歩いていく。

　しかも――

「……相打ち狙いか」

　とジンが苦々し気に告げる。

　アノニスは使命を果たせと命じた。

　それは――リネットに、ジンと諸共に死ねと命じているという事だ。

　リネットはジンと戦って勝つ必要は無い。

　剣を交える必要すら無い。

　ただジンに近づいて、体内の魔力を強制的に暴走させて自爆し、それにジンを巻き込めば良いだけだ。

　ジンの魔術を殺す特性も、魔力が単純な火炎や衝撃に変換済みの場合にはあまり役に立たない。

魔力によって維持されている炎や風は勿論、瞬時に消されるが、既に周辺の空気に蓄積された熱や衝撃波は、そのまま残る。そしてそれはジンの身体を内外両方から焼き、そして叩くのだ。

一方でジンは——迂闊にリネットに近づいただけで自爆を促してしまう為、事実上、打つ手が無い。

それこそ暴走を始める前にリネットを瞬殺する位しか自爆を防ぐ方法が無いが、一番弟子を『仕方ない』と割り切って殺せる位なら、そもそも彼は今ここに居ないだろう。

ただ——

「——ジン先生」

ルーシャがジンとリネットの間に割り込む。

「リネットの相手は私が。ジン先生はあの人を——操り人形にされているお姉さんのお相手をお願いします」

「…………」

一瞬、ジンは何か言おうとしたが。

「分かった。頼む」

「──はい」

ジンの言葉にルーシャは頷く。

アノニスの支配下にあるリネットにどれだけ知性や自我が有るのかは分からないが、自爆を命じられて何の逡巡も無いという事は、恐らくある種の仕掛けの様に『自動的に』動いているだけで、自分が何をしているかの自覚も無いだろう。

アノニスが命じたのは『異界の勇者の血統』の抹殺だ。

そしてそれにルーシャは該当しない。

ならば、『本来の使命』を果たす為に邪魔者を除ける程度の事はするだろうが、自爆する事は無い。先に自爆してしまっては『異界の勇者の血統』を爆殺出来ないからだ。

(ルーシャがリネットの魔力をどこまで消耗させられるかだが)

当然、リネットがルーシャと戦えば魔剣術も使ってくるだろう。

そうすれば少しずつだがリネットの魔力は減っていく。それが自爆する為の魔力に足りない程に消耗すれば、結果としてルーシャはリネットの自爆特攻を防いだことになる。

「……ふむ？」

アノニスが興味深そうに首を傾げる。

そして──

「『勇者』の相手は『魔王』だろう。他人任せにするな」

数歩の助走の後に、跳躍――ルーシャとリネットの頭上を飛び越えて着地。

ジンは血刃を携えアノニスに向かって疾走した。

●

鋼の撃ち合う鋭い音が響く。

破魔剣を魔導機剣が。

魔導機剣が破魔剣を。

互いの繰り出す武器が、ぶつかり合い、相手の斬撃を防いでいく。共に魔導機剣を携えてはいるものの、純然たる剣術の間合いで斬り合う少女二人――

(――やっぱりそうだ)

とルーシャは確信する。

(リネットは……派手な攻撃魔術を使えない)

ここは敵陣――いや敵戦艦の体内だ。

リネットが得意とする爆轟系の魔術は、周辺に満遍なく被害を及ぼす。迂闊に使えば、リネットに威力が跳ね返るのは勿論、この戦艦の機構に大きな損傷を与える可能性がある。

だからこそ、リネットが仕掛けようとする魔術は、その影響範囲が――射程距離が限られており、その種の近接格闘用に特化した魔術は、問題なく破魔剣で抑え込める。

だが実を言えばそれはルーシャも同じだ。

ルーシャが得意とする雷撃系の魔術は、爆轟系に比べて威力の調整は容易だが、そもそもルーシャはリネットを殺す積りが無い。当然だが威力は非致死性のものに抑え込まざるを得ない。

「リネット……！」

「…………」

やはり呼び掛けても反応は無い。

最早、リネット・ガランドは死んでいて、ここに居るのは彼女の骸が魔術で駆動しているだけのもの――の様にすら思えるが。

「くっ――」

ルーシャは短く呻く。

何度も打ち合っていると分かる。

体内で実行する強化系の魔術――〈覚殺〉は、ルーシャが自身に掛けているものよりも、リネットが自身に掛けているものの方が一段階上だ。

元々ルーシャとリネットの腕力は大差ないが、今は、明らかに打ち合った際にルーシャが押し負けている。

二度打ち合えば一度はルーシャが後ずさる。

その繰り返しである。

これが続けばルーシャは何処か壁際にまで追い詰められて、最後には斬られるだろう。

たとえ魔術が無くとも、人間を斬殺できる程度には魔導機剣も破魔剣も鋭い刃が備わっている。

(どうすれば――どうすればいいの?)

立て続けに響く剣戟の響き。

それが次第に速くなっていく。

リネットが攻撃を加速させているのだが――ルーシャはこれに対応しきれていない。

「――っ!」

鋭い風切りの音と共にリネットの魔導機剣がルーシャの銀の髪を数条、切り裂いて抜ける。

(駄目だ、ただ打ち合っていては勝てない……)

元より魔力量が桁違いなのだ。

リネットの〈覚殺〉はその豊富な魔力を惜しみなく使って、肉体が壊れる限界まで強化を図っている。

ルーシャが瞬殺されていないのは、彼女の技巧がリネットよりも優れているからであって――しかしそれとて、圧倒的な力の差の前では、いつ押し潰されるか分かったものではない。

(手足の一本でも折ってとは思ったけれど――)

この際、リネットに重傷を負わせてでも彼女を救う覚悟を――事が終わった後で、自分の腕も折って詫びる位の覚悟をルーシャはしていたが、それですら甘かったらしい。

(実力が上の相手に『手加減しない』なんてなんて傲慢な)

むしろ相手を殺す積りで――それこそ相手と相打ちに持ち込む積りでかかって、ようやく同等だろう。

(それなら――)

必要なのは一瞬の隙。

だが人形の様に操られているリネットにはそんなものは無い。

ある種の絡繰り細工の様に、命令に従い、喜怒哀楽などまるで関係ないまま、淡々と攻撃を繰り出してくる彼女に、油断や逡巡で隙が生じる筈も無い。

強引に作らねばならない。隙を。

つまり――

「くっ――」

短く呻いて、ルーシャは跳んで後ずさる。

それはリネットには剣戟で撃ち負けての事だと見えただろう。実際その通りだが、それだけが理由でもなかった。

逃がさぬとばかりに前に出るリネット。

その魔導機剣の切っ先が突きだされたのは次の瞬間だった。

「うぐっ――」

恐ろしい程に正確に心臓を狙ってくるその刺突を、しかしルーシャは身をひねって回避していた。いや。違う。切っ先はルーシャの左胸からは逸れたが、彼女の右肩に深々と突き刺さり、背中へと抜けていた。

ルーシャの、目論見通りに。

「うあっ――」

思わず悲鳴の様な声が漏れるが、しかしルーシャは一転して前に出ていた。勿論、魔導機剣はより深々と彼女の肩(かた)を貫(つらぬ)いて、骨まできしむかの様な激痛を走らせる。

だが――

「リネット！」

ルーシャはリネットの懐(ふところ)に飛び込む事に成功していた。

ほぼ密着状態。こうなれば剣を大きく振っての斬撃は無理、しかも魔導機剣の方はルーシャの身体(からだ)が――肩の筋肉が、咥(くわ)え込んだままだ。

当然、リネットは未(ま)だ自由に出来る破魔剣を逆手に持ち替(か)えて攻撃を仕掛けようとするが、これはルーシャの魔導機剣に防がれてしまう。

「ぎっ――」

肩を貫く魔導機剣が更(さら)に肉を裂き、ルーシャは痛みのあまり眩暈(めまい)すら覚えていた。このままここで意識を手放した方が楽になれる、などという考えすら、頭の片隅(かたすみ)をかすめたが

――

「目を――覚ましなさい！」

ルーシャはリネットに、というより自分自身にそう叫ぶ。

同時に破魔剣を持ち変える事無く、その柄頭(つかがしら)でリネットの頭部を――顔と仮面の境目を殴打(おうだ)した。

ぴしり、と仮面に亀裂が走る音を――痛みに激しく乱れる意識でルーシャは聞いていた。

●

甲高い――神経を直に引っ掻くかの様な耳障りな音が響く。

ジンとアノニス。

両者の間、交差する赤い剣と剣から、それは発せられていた。

ジンの剣は言うまでもなく折れた〈影斬〉を魔術を込めた血で覆い伸ばしたもの。

アノニスの剣は――その手に握っていた『柄』から剣身が『生えて』剣の形となったものだった。

つまり――

「…………」

剣と剣が離れて異音が止む。

「ふむ？　動揺しているか、暗殺貴族よ？」

アノニスはむしろ愉しげにそう問うてきた。

その白い仮面を――赤い薄膜の様なものが覆っていく。

剣と同じに。

同じ武器。同じ武技。同じ――血統。

即ち……

「貴様の血戦魔剣術――よもや、自分だけが使えるなどと思ってはいまいな？　ジン・ガランド？」

これも以前、ジンが使ったものと同じ――血の鎧をまといながら、アノニスは言った。

先の甲高い音も、高速振動をする血の刃同士が噛み合って、共鳴した結果だ。ジンの血剣とアノニスの血剣は、全く同じ魔術による強化を施されている。

「この技術――基礎を作ったのは四代前、磨き上げたのは三代前から先代まで、そしてお前に教えたのは『私』、ミオ・ガランドだぞ？」

「姉上の名を騙るな。寄生虫」

眼を細めて言うジン。

その顔には、しかしアノニスが指摘する様な動揺の色は無い。

意志の力で抑え込んでいるのか、それとも彼は至極落ち着いているのか、アノニスの側からは分からないだろうが。

「血戦魔剣術――よもや、自分も使えるから俺と対等などと思ってはいないだろうな？

『魔王』？」

お返しだとばかりに相手の口調を真似てそう告げるジン。

同時に、彼の身体も血の鎧が覆っていく。

男女の差はあれど、両者の使う武技は同じものだ。

（想定していなかった訳ではないが……）

元より暗殺用の技術である為に、門外不出、目にした者は例外なく死んで——それ以上に魔術全盛の昨今では、『斬り合う』という場面そのものが少なかったガランド家秘伝の血戦魔剣術。

それが長い歴史の果てに今初めて、激突しようとしている。

悪夢の——姉弟による同門対決として。

鏡に向かって剣を振るかの如く。

だがアノニスはさして気にした様子も無く——

「さて。不肖の愚弟が師たる姉を超えられたかどうか？」

そう告げて斬撃を再度繰り出してきた。

●

リネットの動きが——止まる。

「…………!」

激痛を堪えてルーシャは破魔剣を投げ捨て、指を掛けて彼女の顔を覆っている白い仮面を強引に引きはがした。

「……えおっ⁉」

仮面に引きずられ、リネットの体内に伸びていた触手が、血や唾液にまみれながらもずるりと出てくる。うねうねと蠢くそれを、ルーシャは渾身の力で遠くへと投げ捨てた。

「リネット……！」

「…………」

激しくせき込みながら、その場に膝をつくリネット。

ルーシャは、よろめく様にして後ずさる。背後の壁に押され、彼女の肩を貫いていたリネットの魔導機剣が抜けた。

「うぐっ——」

痛みを堪えつつも、やはり立っていられず——その場に座り込んでしまうルーシャ。

そのリネットの蒼い両眼はルーシャの方を向いたままだが、彼女はせき込むばかりで表情は朦朧としており、親友を認識しているかどうかも怪しい状態だった。

先のスカラザルン兵の時はすぐに自我を取り戻していたが。

リネットは――既にアノニスによって完全に『書き換え』られてしまったのか。仮面を外しても今やあの『大賢者』の分身なのか。

そんな恐怖をルーシャは覚える。

「リネット、リネット、お願いだから眼を覚まし――」

と呼び掛けた、その時。

ばん！　と音を立ててルーシャが背にしている壁の左右が弾けた。

鋼の板が音を立てて転がり、壁の向こう側にあったものが、うねくりながら姿を現す。

即ち――先にリネットをさらったのと同じ触手が。

「――っ⁉」

咄嗟にルーシャは無傷の左腕を掲げ、破魔剣でこれを迎撃しようとして……しかし自分がそれを投げ捨てていた事に気が付いた。

右手は魔導機剣を握ったままだが、肩に重傷を負った今、そちらは力なく垂れたまま、ぴくりとも動かない。

「ひあっ――やめっ――」

触手に巻き付かれて悲鳴を上げるルーシャ。

今や、左右の剣を振るう事の出来ない彼女は、無力な少女に過ぎない。しかも出血のせいで血圧まで下がっており、いつ気を失ってもおかしくない状態だ。

触手に対抗する術などあろうはずがなかった。

「ジン先生――」

首を巡らせ、アノニスと戦っているジンに助けを求めようとしたルーシャだった――が。

「………………」

ゆらりと視界の端で何かが動いた。

「――！」

眼を閉じるルーシャ。

鼻先を通り過ぎる熱にルーシャが悲鳴を上げようとしたその瞬間、彼女を拘束していた触手は切り裂かれていた。

「――⁉」

ルーシャには、切り傷一つ、火傷一つ、負わせる事無く。

何かが焼け焦げる臭いは一瞬遅れてやってきた。

「………………」

斬り落とされた触手の先端部が、ばたんばたんと床の上で跳ねまわる。だがそちらには目もくれず、リネットはやはり朦朧とした表情で、壁に――触手の根元に魔導機剣を突き刺す。

「り……リネット？」

「……ッ……ルーシャっ……！」

まだ尚、せき込みながら、しかしリネットは赤熱化したままの魔導機剣を――今度は触手の根元に突き刺して。

更に――

「――叩け、〈爆喰〉」

ごうん！　とくぐもった爆音が『壁』の向こう側で響く。

放たれた爆轟の魔術が、逃げ場の無い壁の中で十二分に威力を発揮したのだろう。何かが焼けこげる音とともに、痙攣していた触手の根元も、動きを止めていた。

そして――

「ルーシャ……」

ふらつきながらも、はっきりと意志の光をその碧い眼に湛えて近づいてくるリネットの姿を見上げながら――

「……良かっ……た……」

ルーシャの意識が溶け崩れる。

さすがにもう限界だった。

●

ちぃん……！　ちぃん……！

剣と剣が撃ち合う音としては明らかに異質。

まるで硝子をぶつけ合うかの様な、澄んだその音と共に、深紅の斬撃が虚空に幾重もの弧を描いていく。

ジンとアノニス——いやミオ。

二人のガランド家の血統は、秘奥の武技たる血の刃と鎧を以て、斬り合いを続けていた。

「………」

「………」

先程までと打って変わってアノニスは無言。

ジンも無言で斬り合いに集中している。

互いに位置を入れ替え、時に足技まで混ぜて相手の動きをけん制しつつ、二人は互いに必殺の技を立て続けに繰り出していく。

自ら『師』を自任しただけあって、アノニスの――ミオの使う血戦魔剣術は、ジンと互角だ。互いに強烈な一撃を繰り出しつつも、しかし相手の鎧に防がれ、剣に弾かれ、決定打を打てないでいる。

まるで鏡の中の自分を相手に戦っているかの如く。

同じ技がほぼ同時に繰り出されてくる。

相殺して相殺して相殺して相殺する。

無駄の極致だ。

ただ――

「…………む」

紅い斬撃が乱れ舞う中、不審げな呻きをアノニスが漏らすのが聞こえた。

「…………」

ジンは無表情。

アノニスの漏らした声にも気づいてないかの様にも見えるが――

「……む……むっ……」

アノニスは更に続けて呻き声を漏らす。

対してジンは――無言のままいつの間にか動きを変えていた。

「…………」

ゆっくりと技の連なりを、防戦から攻撃へと転じていく。

相手の剣を受け止めるのではなく、受けながら剣と剣を絡める様にして相手の構えを崩していく。そうして出来た隙に、斬りこんでいく。

戦闘の主導権は今や完全にジンの側へと移っていた。

「むうっ……？」

ジンの攻めを受け流しきれず、次第に大雑把になっていくアノニスの動き。

そして――

「何故だ」

アノニスは――剣を握る手は一瞬たりとも休まず動かしながらも、心底不思議そうに言った。

「この娘の記憶ではジン・ガランド、貴様は――」

「…………」

皆まで言わせず、ジンの血刃がアノニスの剣を撥ね上げる。

アノニスの腕が突きを放って伸び切ったところに加えられた一撃は、その指から剣を強引にもぎ取っていた。

赤い血の糸を引きながら、剣が回転しながら近くの壁に激突して、跳ねる。

更に次の瞬間、アノニスの身体との繋(つな)がりを断(た)たれた――ミオの肉体から『分離(ぶんり)』してしまった血戦魔剣術は、瞬間的(しゅんかんてき)に崩壊(ほうかい)。血の剣身は飛沫(しぶき)となって床(ゆか)に散らばり、柄(グリップ)だけが音を立てて転がった。

「――ッ！」

まずい、と悟(さと)ったか。

アノニスの鎧がぞわりと動く。

血鎧の装甲(そうこう)面を前面に集中した上で、アノニスは後方に跳ぶ。ジンからくるであろうとどめの一撃を、厚くした装甲で受け止めつつ、間合いを外す事で威力の減衰(げんすい)を狙ったのだろう。

だが――

「――甘い」

ジンの言葉と同時にアノニスの姿勢ががくんと崩れる。

二人の間をつなぐ――細く赤い糸。

　それはジンの血が魔術によって糸状に変化して、アノニスの左足に絡みついたものだった。斬り合っている最中に、こんな『仕込み』をする余裕すら彼にはあったのだ。

「これは一体どういう事だ？」

　決定的な敗北を喫したと分かっている筈なのだが、そう問うてくるアノニスの声に動揺や恐怖の響きは無い。ただただこの『大賢者』は同じ技を使う者同士でありながら、自分がほぼ一方的に圧倒された事実を不思議に感じている様だった。

　ジンは――

「賢者だか何だか知らないが。本当に馬鹿だな貴様は」

　血刀の切っ先をアノニスの白い仮面に突き付けながら、ため息交じりにそう言った。

「剣術は――戦闘技術は、机上の学問と違うぞ」

「……ふむ？」

「貴様が姉上の身体を奪ってから何度実戦に出た？」

「血戦魔剣術を用いての実戦は確かに無いな」

　あっさりとそう認めてくるアノニス。

　一切の表情を刻まぬその白い仮面を睨みながら――

「身体運用の技術はな、単に知識を積み重ねるのとは違う。使い続ければ磨き上げられる。

使わなきゃ技は錆付くんだよ」

「なるほど、身体の恒常性維持が負の方向に働くか」

やはり悔しがるでも焦るでもなく、まるで他人事の様にただ感心して淡々と言葉を返してくるアノニス。こういうところは確かに『大賢者』なのかもしれないが――

「お前は技の精度を上げる努力をしたか？　日々の鍛錬を欠かさずこなしたか？　戦った経験を生かして次につなげたか？」

無論そんな事はしてこなかっただろう。

そもそも――

「昔、顔も知らない他人が書いただけの本を読んで、それだけで、お前は、自分もその他人と同じ事が出来るようになったと、思い込んでいただけじゃないのか？」

勿論、元々が擬似人格、複製人格なのだ。

実体験による知識は恐らくアノニスが自分自身で思っているよりも遥かに少ない。スカラザルン内で賢者の一人として尊重されていればそれでも不都合は無かったかもしれない。

だが実戦の場に出てくればそれは――致命的だ。

（自分で言った事だな。『人一人斬って一段』――これは教え子達に感謝すべきか）

ふとそんな事をジンは思った。

さも当然の帰結であったかの様にジンはアノニスに語っているが、実のところ、当初の彼は相当な苦戦を予想していたのだ。

意識はアノニスのものとはいえ、身体は実の姉、永らく行方を捜していたミオのものだ。殺す積りでかからねば足をすくわれると分かっていながら、しかしジンは全力を出し切れない。当然、技は同じでも、自分は劣勢に立たされるものだとジンは覚悟していた。

だが——実際には当初からジンとアノニスは拮抗した。

血戦魔剣術そのものは全くの同等。

それ故にしばらく埒が明かない状態が続いていたのだが——

（そもそも俺と姉上の血戦魔剣術——同根ではあっても最早、同等ではないという事か）

単純に年齢差。単純に性差。

それらも影響はしているだろう。

だが……

この一年あまり、ジンは暗殺者としての仕事もそこそこに、リネットらを『魔剣士』として鍛え続けてきた。ジン自身も暗殺ではなくスカラザルン兵と面と向かって戦う事が何度か在った。

この事が——『一方的に相手を刺し殺す』暗殺術を変質させたのだろう。

先祖代々の暗殺術から一歩も出ていない——アノニスに傀儡にされてからは全く経験も積まず研鑽もしない、ミオの血戦魔剣術と。

リネットらを『魔剣士』として鍛え上げる過程で、自然と対人戦闘の経験を積み続けたジンの血戦魔剣術と。

両者がこの期に及んで全く同じ筈がないのだ。

「俺はあの日の俺のままじゃないし、お前もあの日の姉上ではない」

ジンは眼を細めて白い仮面を睨みながら吼えた。

「過去の亡霊、『魔王』の残り滓、今度こそ今を生き続ける者の力で滅ぼされるがいい」

「……見事——」

この期に及んでも他人事の様に評価を下してくる『大賢者』。

そこに——ふっと血刀の切っ先が下がる。

「姉上を返してもらうぞ、『魔王』」

次の瞬間、ジンが、下からすくい上げる様に放つ斬撃。

かつん、という軽い音と共にアノニスの血鎧が……そしてその下に有った白い仮面が両断されたのは、次の瞬間だった。

超重揚陸戦艦(ちょうじゅうようりくせんかん)――艦橋部(かんきょうぶ)。

そこには五人ばかり仮面を被(かぶ)ったスカラザルン兵が彫像(ちょうぞう)の様に身じろぎもせずに立っていた。

アノニスによる傀儡の制御(せいぎょ)は、限界というものがある。

非常に高度で高速の――例えば白兵戦――制御をしている最中は、どうしても集中力がそちらに向かうので、他の傀儡をうまく操(あやつ)り切れない。血戦魔剣術などという武技を並行(へいこう)して使うとなれば尚更(なおさら)だ。

複製人格とはいえ人間の意識が当然に持つ、限界である。

故に……

「…………………………ふむ」

不意にスカラザルン兵の一人が呟(つぶや)く様な声を漏(も)らす。

「ジン・ガランド――喰(く)えぬ奴(やつ)。だが愚(おろ)かなのは貴様も同じだ。私の複製人格がこの場に一つしかないなどと、言った覚えはないな」

そうだ。元々が人造の予備。

それが一つであるとは限らない。

あまりに同時に活動する個体が多いと、共有意識(クラウド)に流(なが)れ込んでくる情報量が膨(ふく)れ上がりすぎて、経験情報の蓄積(ちくせき)と統合について処理しきれなくなるが。

予備については眠(ねむ)らせておけばそんな不都合は生じない。

ならば予備の予備、予備の予備の予備の予備があって当然——

「『魔術殺し』の血脈、惜しい研究素材だが、それ以上にやはり危険だ。この際——」

そんな呟きを仮面の下からこぼしながら、スカラザルン兵は艦橋の真ん中に設置された操舵輪に手を掛ける。

強くこれを引くと——金属音と共に、この超重揚陸戦艦の何処(どこ)かで何かの機関が稼働(かどう)を始める音が響いた。

そして——


ぎゅうううおおおおおおおおおおッ!!

咆哮(ほうこう)とも爆音ともつかぬ奇妙(きみょう)な——しかしどこかひどく生々しい音が、ヴァラポラス全体に響き渡(わた)った。

第5章 魔王討伐

誰もが己の耳を疑った。

首都ヴァラポラスに響き渡る異音に。

「――何なのあれは」

遙か遠方、今尚、ヴァラポラス中央部に漂う霧の向こう、そこに震える巨影を見遣りながらミラベルが呻く様に言った。

「あれは――再び上陸したですね」

魔導機車を止め、足元から引っ張り出した双眼鏡を覗き込みながら言うユリシア。

問題の超重揚陸戦艦は、再び川から上陸を果たした様だった。

前回同様、折りたたまれていた十本の脚が動いている。

鋼鉄の脚が次々と家屋を蹴散らし、路面に穴を穿つ。

動く速度も視認した限りでは同じだ。

ただ、今回は――今回が以前の上陸に比べて特異なのは、その際に艦体中央に設けられている煙突らしき部分から、『吠え声』ともとれる轟音を放った事だった。

汽笛や爆音の類かとも思われたが、しかし十本の脚で『歩く』その異形が放つ轟音は、奇妙な生々しさを伴っていた。

「どうやらあの煙突から出る煙、かなりの高温である様子」

とユリシアは呟く様に言ってしばらく何事か考えていたが。

「……冷却……表面積の……変温動物としての……？」

ぶつぶつと顎に手を当てて何か呟いている。

「――ユリシア？」

とミラベルが声を掛けると、不意にユリシアは顔を上げて言った。

「すごいのです。すごい技術なのです。敵ながら天晴、なんという生体加工技術!!」

「……え？」

魔導機車の運転席から立ち上がったユリシアを、隣の席のミラベルは困惑の表情で見上げる。

ガランド家の家政婦は――いや魔導技術者は、あの超重揚陸戦艦の姿と行動に、恐怖や疑問を覚える以上に、感動している様だった。

「というか――『生体加工技術』？」

「はいです！」

と拳を握りしめてユリシアは言った。

「恐らくあれは、超重揚陸戦艦そのものが一匹の巨大な獣、いえ、何らかの生体であったのです！」

「……は？」

「恐らくは、海産の生物、エビなのかタコなのかイカなのか、あるいはフナムシなのか！

一部の甲殻類には寿命というものが無く、際限なく巨大化していけるという説がありますが恐らくはそれを用いた巨大生物を培養——歩行制御もその生体の神経構造を用いて——ああ、でも通常の生体構造では地上に上がった途端に潰れてしまうですから、基本の内骨格に加えて、強化外装、外骨格として戦艦としての装甲を施したのが、わざわざ船舶として外洋からヴァラポラスに侵入してきた理由だと推測できるのです！」

などと——眼鏡の下の眼をきらきらと輝かせ、非常に早口でまくしたてているユリシア。

「同時に巨大化した生体は、表面積と体積の倍率の不均衡から、排熱の問題が生じるですが！　これもアレが艦船に偽装していた理由の一つ、排熱処理については海水を循環させる事で処理していたものだと思われるですよ！　合理的なのです！」

「………」

「スカラザルンの生体加工魔術と、工業技術の融合！　嗚呼――中を、中を子細に見てみたいのです！」

「この危機的状況で、なに嬉しそうに興奮してるのこのメイドは……」

と半眼でつぶやくのは、貨物台の上で負傷者の手当てをしているヴァネッサである。

途中から合流した避難民のものを含め、流石に何十台という馬車や魔導機車の隊列を組んで移動していると目立つのだろう……ここに来るまでに何度か魔獣やスカラザルン兵と遭遇して、騎士団を中心に何人かの負傷者が出ているのだ。

四人の魔剣士少女とミラベル、ユリシア、ヴァネッサ、そして何より士気を持ち直してきた騎士達の活躍で、死者こそ出てはいないが。

「というか、ガランド侯やリネット達は、順調にいっていればあの中に居る訳でしょう？　心配じゃないの、あんた？」

「――心配？」

とユリシアは首を傾げる。

「あの程度で、あの若様が死ぬ筈な……」

そこまで言って――

「いえ！　そうですね、心配ですね！」

ふと何か思いついた様子で、ユリシアは両手をばたばたと振り回しながら、突如としてまくしたて始めた。

「心配です心配ですすごく心配でユリシア夜も眠れないので若様達をお迎えに行くのです！　別に間近にアレを見たいからとかそんなのではなくこれは純粋に家政婦として若様とそのお弟子を――」

と早口言葉じみた調子でまくしたてながら、ユリシアが指さす先では……上陸した超重揚陸戦艦の足で、建物の一つが蹴り潰されるのが見えた。

迂闊に近づけばそれこそ踏み潰されるか蹴り殺されるか。

だが――

「ちょっ――⁉」

「何考えてるのよ⁉」

魔導機車を超重揚陸戦艦に向けて走らせようとするユリシアを、ミラベルとヴァネッサは、二人がかりで止めに掛かった。

「断て――〈炎刃〉っ！」

「断て――〈雷刃〉……！」

リネットとルーシャが――負傷したルーシャにリネットが肩を貸して歩きながら、それぞれの魔術で立ち塞がる壁を、あるいは壁の内側からうねくり出てくる触手を、切り裂いていく。

超高熱に紅く輝く魔導機剣。

高電圧に蒼く輝く魔導機剣。

まるで異なる翼をもつ片翼の鳥二羽が、互いに支え合って飛ぶかの如く……紅と蒼の剣が旋回する度に、障害物が切り刻まれる。

無論、紙の様に容易く、とまではいかないし、斬り付ける場所を選ばねば、発生した熱風に魔剣士の方がなぎ倒されかねないが。

それでも下手に艦内を右往左往するよりも、ほぼまっすぐ、『外』を目指す事が出来る。

アノニスを斃しミオを回収した以上、もうここには用は無い。

指揮官であろうアノニスが排除された今、この超重揚陸戦艦の戦闘能力は半減、いや数分の一に落ち込んでいる筈だ。

そう――ジンは判断したのだが。

「――ッ！」

意識の無い姉ミオの身体を背負いつつ、ジンはリネットとルーシャに横手から、あるいは背後から、襲(おそ)い掛かる触手を片っ端(かたっぱし)から斬り飛ばしていく。

（――恐らくこいつが乗組員が居なかった事の理由だ）

艦底に無かった動力源。

アノニスの傀儡操作技術。

スカラザルンの生体加工魔術。

つまり――

（ユリシアならもっと早く見抜(みぬ)いていただろうな……この戦艦そのものが鋼鉄の外装(ギプス)に支えられた、一匹の生き物なんじゃないか？）

通常、地上に居る生き物の巨大化には限界がある。

あまりに大きくなりすぎると、自重で潰れてしまうからだ。自らを支える骨格の強度にも当然、限界がある。

対して――水の浮力(ふりょく)そのもので身体を支える事が出来る水中では、生物の巨大化に対する制限は、地上よりも緩(ゆる)い。

鯨(くじら)や、ある種のイカやタコ――超大型軟体動物(ちょうおおがたなんたい)がその例だ。

では、自重での圧壊対策を十分に施してやれば、海棲動物を基に巨大化した生物を地上兵器としての動力源と、駆動機構として使えるのではないか？

つまりあの触手は艦内に侵入した人間に対する防衛機構ではなく、この超重揚陸戦艦の動力源兼駆動機関であり、更に言えば装甲と言う『殻』をまとった、その中身なのではないか。

言ってみればジン達は巨大な生き物の腹の中にいたのだ。

（こうなると――とてもではないが、乗組員を皆殺しにしてこの超重揚陸戦艦を止めるなんて真似は出来ない）

極論すれば、この超重揚陸戦艦という『生き物』を御する魔術士が一人でも何処かに残っていれば、この巨体は動き続ける事になる。

いや。それどころか――

（生き物だっていうなら、御者が居ない場合、好き勝手に暴れまわってヴァラポラスを蹂躙する事だってあり得るんだ）

さすがに例の大砲をもう一度、撃てるかどうかは分からないが。

（とりあえずは一旦、外に出なければ）

このバケモノを何とかする方法を考えるのはそれからだ。

「ジン先生！」

リネットが振り返りながら声を掛けてくる。

見れば、彼女とルーシャの目の前に、人間が潜り抜けられる程度の大きな穴が穿たれており、その向こうには――今尚、霧に煙るヴァラポラスの曖昧な風景が見えていた。

外だ。ようやく。

「――長さが足りれば良いがな」

ジンは袖口から引っ張り出した鋼糸を編んだ紐を近くの構造物に巻き付ける。

移動中のこの戦艦の中から――しかも建物の屋根が足元に見えているこの高さから飛び降りるのは、走っている最中の馬車から転げ落ちるよりも遥かに危険だろう。

「いや。足りない分は血戦魔剣術で補うしかないか」

呟いてジンはリネット、ルーシャに手を差し伸べる。

「俺にしがみつけ。皆で一緒に飛び降りるぞ。比較的高い建物の屋根の上だ。飛び降りる瞬間は俺が支持する」

「はい！」

「――はい」

弟子の少女達は躊躇も無くそう頷いて、剣を鞘に納めると――二人してジンの身体にしがみついてきた。

細かな瓦礫を撥ね飛ばし、地面を噛む鋼鉄の車輪。

ユリシアの操る魔導機車は、隊列を先導していたそれまでとは比較にならない速度で、次第に薄れ始めた霧の中を走っていく。

運転席にて操縦輪を掴みながら――

「おおっ――やはり思った通りなのです」

とユリシアが言う。

「この潮の匂い――あの戦艦の中身はやはり生体組織なのです。煙突は呼吸と恐らくは放熱の為のものなのです。巨大化した生体組織は、二乗的に増える表面積に対して三乗的に増えた細胞量の為に、放熱が追い付かず、それ故に、普段は海水で冷却している筈なのですが、地上に上がった場合はそれも出来ないので、恐らくはその活動時間が限られ――」

「いいからちゃんと運転して⁉」

と魔導機剣と破魔剣を手にしながら叫ぶ隣のミラベル。

騎士団と少女魔剣士達が護衛する隊列と別れ、ユリシア、そしてミラベル、ヴァネッサの乗った魔導機車は、地上を歩く超重揚陸戦艦と並走(へいそう)する様に移動していた。

これはユリシアが間近にあの戦艦を見たがった――という事もあるが、ミラベルがジンやリネット、ルーシャの身を案じたという事もある。一度はヴァネッサと共にユリシアの『暴走』を止めたミラベルだったが、思い直して、同行を申し出たのだ。

「――っていうか、あんな速度で歩かれたら、ガランド侯達(こうたち)、無事だったとしても、降りるに降りられないのでは？」

と言うのはヴァネッサだ。

確かに落馬、あるいは馬車からの飛び降りですら、速度が出ていれば相当な危険を伴う。ましてやあの高さ――まともに着地出来たとしても、足を骨折する可能性が高い。

だが――

「心配御無用(ごむよう)なのです」

更に魔導機車を戦艦に近づけながら、ユリシアは言った。

「若様の血戦魔剣術――ほとんど『ズル(チート)』の次元なので何とでもするですよ」

「……信用してるんだ？」

とミラベルが苦笑(くしょう)めいた表情で言うが。

「いいえ？」

とユリシアは更に魔導機車を超重揚陸戦艦に近づけながら笑った。

「信じているのではなく。単に知っているだけなのです」

「――あれ!!」

とヴァネッサが超重揚陸戦艦の側面を指さす。

そこから何か、赤い塊の様なものがこぼれ落ちた――いや飛び出したのは次の瞬間であった。

「家政婦！」

「合点なのです！」

ヴァネッサの声にユリシアは俊敏に反応し、一気に魔導機車が加速。建物を蹴散らしながら――文字通りに――歩く超重揚陸戦艦の足の間を通り抜け、赤い糸の様なものを引きながら、落下、いや降下する赤い『塊』に近づいていく。

即ち――

「――っ！」

その赤い『塊』は一度、建物の屋根の上に落ちて、そこで大きく跳ねたかと思うと、更に魔導機車の貨物台の上へと転がり落ちてきた。

「ぐへっ⁉」

赤い『塊』になぎ倒されて悲鳴だか苦鳴だか分からない声を漏らすヴァネッサ。次の瞬間、その赤い『塊』は、花の蕾が開くかの様にして、内側に抱え込んでいたものを曝け出した。

即ち、ジン、リネット、ルーシャ、そしてスカラザルンの士官服らしきものを着た若い女性の四人である。

「いたたた……」

と自分の頭を撫でながら身を起こすヴァネッサ。

ジン達を包んでいたのは彼の血戦魔剣術で構築された、衝撃吸収用の保護膜なのだろう。

既にそれは跡形も無く消滅していた。

その様子を一瞥してから、視線を前方に戻し――

「おかえりなさいませ。若様――そしてミオ様」

「ただいま戻った」

とまるで自宅でのやりとりの様に平然と言葉を交わすユリシアとジン。束の間、呆れた様子で二人を見ていたミラベルは、次いでぐったりしているルーシャに気づいた。

「ルーシャ？　怪我してる？　さっきぶつかった時、ではないわよね？」

「あ、あの、そ、それが、その、わ、私が」

と慌てててリネットがルーシャを抱き起しながら言った。

「ルーシャを傷つけちゃって……あ、ザウア先生、あの、手当てを」

「リネットが⁉ 何やって――」

「いろいろあったんです！ いろいろ‼」

とミラベルに半泣きでそう叫ぶリネット。

「先に自分自身の手当てをしたい気分よ」

ヴァネッサは尚も自分の頭を撫でながらも、手早くルーシャの服を脱がせて、肩の傷を調べていく。

そして――

「――若様」

ユリシアが一転して静かな口調でジンに声を掛ける。

「あの超重揚陸戦艦。こちらを追ってきている様なのですが」

「…………」

ジンがヴァラポラスの街を闊歩する巨影を見上げながら眉を顰める。

「乗組員は全員片づけたので？」

「いや。そもそも殆(ほとん)どいなかった。あれは――」

「……ああ。やはりあれで一頭の生き物ですか」

と言って頷くユリシア。

「それと、あの仮面のスカラザルン兵だが。あれは皆――」

「傀儡でしたか」

「……そっちでも気づいたか」

「街中を徘徊(はいかい)しているスカラザルン兵が、私に『久しぶり』と……まるでミオ様であるかの様に挨拶(あいさつ)してきましたので。まあ大体は」

言いながら大きく魔導機車の進路を曲げるユリシア。

超重揚陸戦艦に並走していた魔導機車は、今やそれに背を向けて離(はな)れようとしていたが
――

「まだ追ってきてる⁉」

と背後を振り返ってミラベルが叫ぶ。

背後の超重揚陸戦艦の姿が、小さくならない。

ミラベルの眼で見る限り、ほぼ同じ大きさでその巨体は舳先(へさき)を魔導機車に向けて歩いている。それはつまり、同じ速度でこちらに追随(ついずい)しているという事だ。

「うひゃっ――」

とヴァネッサが悲鳴じみた声をあげる。

蹴り飛ばされて粉砕された家屋の、大小様々な瓦礫が、ばらばらとジンらの上に降り注いでくるからだ。

「追い付かれる事はさすがにないとは思いますが――」

だが蒸気式の『霧避け』で霧を切り裂いて走る魔導機車を、あの超重揚陸戦艦が見失うとも考えにくい。

「どうなさいますですか、若様？」

このままヴァルデマル今上皇帝の所に戻ると、あの鋼鉄の怪物を連れて行ってしまう事になってしまう。

いや。それ以前に、あのまま放置しておけば、ヴァラポラスの街が片っ端から踏み潰され、蹴飛ばされ、遠からず平らに均されてしまいかねない。あるいは避難が間に合っていない臣民が踏み潰される可能性もあるだろう。

やはりただ逃げるだけでは埒が明かない。

「まあ、陸上では冷却の問題でそう長時間は動けない筈なのです」

「――ああ、だから戦艦なのか」

「ですから遠からず、動きを止めるか、川に戻るかすると思うのですが――」

それが果たしていつなのか。

さすがにユリシアも中身を子細に見ないでその時間をはじき出す事は出来ないらしい。

しばらくジンはユリシアの言葉を噛み締める様に、顎に手を当てて何事か考えていた様だったが――

「――ユリシア。リネット、ルーシャ、そして姉上を頼む」

そう言って貨物台の上で立ち上がった。

「俺はアレを片付けてくる」

「――ジン先生⁉」

と慌ててリネットも中腰になりながら声を上げるが。

「で、でしたら、私も――」

「お前はルーシャを……いや」

とジンは言いかけて。

ふっと――彼の口元に笑みが過る。

皮肉の苦笑ではない。

自嘲の苦笑でもない。

むしろそれは――暗殺貴族としての『素顔』のジンには珍しい、朗らかな笑みだった。

「そうだな。露払いを頼む」

そう言うや否や、リネットの腰に腕を回す。

「うひゃっ――」

今更の様に頬を赤らめるリネット。

そして――


「――若様。一つ助言を」

ユリシアがふと思い出したかの様に言った。

「ミオ様が若様と同じ血液型であるのは、失踪前に確認済みなのです。〈コロモス〉がミオ様の組織――骨髄やそれに類する造血細胞を組み込まれて、あの赤い魔術殺しの霧を吐いているならば、それはつまり、若様らと同じ『ガランド家の特性』を帯びた血の霧という事になりますですが」

「………それが？」

「同じ型の血は輸血できますれば。つまり混ぜ合わせる事が可能」

「分かった。助かる」

と皆まで聞かず、ジンは頷く。

続けて──

「行くぞ」

とジンは宣言すると、ひらりと魔導機車の上から身を躍らせる。ばさりと黒い外套がまるで怪鳥の翼の様に広がり、ざざ、と地面を滑りつつもジンとリネットは問題なく着地した。

遠ざかっていく彼等の姿を、車体の周囲確認用の鏡で見ながら──

「御武運を。若様。それにリネット」

ユリシアが呟く様に言った。

●

歩行を続けながら超重揚陸戦艦は──〈プローン〉号はジン・ガランドを乗せた魔導機車を追っていた。

「──さあ」

艦の規模に比すれば若干小さめな艦橋の中央。

そこでアノニスは──否、ミオの身体からアノニスの本体としての権能を委譲された予備の人格複製体、白い仮面のスカラザルン兵が、腕を組んで呟いている。

こちらはミオと異なり男性の身体の様だが、やはり詳細は仮面の下に隠れて分からない。アノニスにとっては――『大賢者』にとっては男であろうが女であろうが大差ないのだろう。

「どこまで逃げられるか。ジン・ガランド？」

艦橋には他にも何人かのスカラザルン兵の姿が在ったが、いずれもが床の上に死体の様に転がって、ぴくりとも動かない。

この〈プローン〉号の巨体を歩行制御している間は、さすがのアノニスにも他の個体を傀儡として操っている余裕は無い。

勿論、個別に好き勝手に動くようにする事も出来るが、事が此処に至ってはスカラザルン兵を何人か起こしたところで、出来る事などたかが知れているだろう。

「果たして何年越しになるのやら」

そう呟くもアノニスの声に感慨の響きは無い。

「五百年？　千年？　ようやく訪れた『魔王』と『勇者』の復活第二戦だ。今世はこの巨獣が我が城よ」

かつての『魔王』は城の様に巨大な魔導機関に己を繋いで、押し寄せる他国の軍勢を広域攻撃魔術で薙ぎ払ったという。

アノニスにとって『城』とは『剣』の同義語——攻撃兵器だ。

「さあ尋常に……いや、尋常ならざる形にて、いざ、勝負」

仮面の下から、内容に比して、あまりに淡々とした冷たい声がそう言う。まるで下手な役者が覚えたての台詞を読み上げているかの様に。

起動したばかりの『予備』に未だ馴染んでいないのか。

そして——

「——む？」

仮面の眼窩の更に奥で、生身の眼が細められる。

艦橋の窓硝子越しに、ジン・ガランドが魔導機車から降りたのを視認したのである。

「ふむ。そちらもその気になってくれたか」

やはり感情のこもらぬ声でそう言うアノニス。

「では万礼を尽くして、確実にこの世から葬り去ろう——『異界の勇者』の血統を」

仮面のスカラザルン兵は改めて、その両手を操舵輪に掛けた。

轟轟たる音を引きずり超重揚陸戦艦〈プローン〉号が征く。

その十本の鋼鉄の脚が上げ下ろしされる度に、脆弱な建物は崩れ、瓦礫が跳ね、塵芥が舞い、地面に亀裂が走る。

もう一度砲撃するまでも無い。

それがそこに存在し活動するというだけで破壊が広がるのだ。

まさしくそれは鋼鉄の破壊神だった。

しかも……

超重揚陸戦艦の巨体から何かがこぼれ落ちる。

まるで……ある種の魚類の産卵の様に。

ぼろぼろと何十という円錐が落下しては、地面で跳ねて、割れて、中から粘度の高い液体と――青と黒の斑模様をした大型の魔獣がこぼれだす。

――ごうあっ！　ごうあっ！　ごうあっ！

各所で巻き起こる咆哮と――斑点状に広がる赤い霧。

魔術士殺し——魔術士の天敵たる最新型魔獣〈コロモス〉。

スカラザルンの対人生体兵器。

魔術の使えない人間が、野生の虎にも匹敵する爪と牙を備えたその獣と戦える筈も無い。

超重揚陸戦艦に建物を壊されては、屋内に立て籠る事すら出来ない。

不幸中の幸いと言うべきか……最初の砲撃で生じた霧が晴れ始めてきた為、民衆の大半は、各所に駐屯していた騎士団や軍の誘導で避難済みだ。

ヴァラポラスでは、有事の際には騎士団や軍が臣民を誘導して避難する為の手順が決められており、霧が晴れて身動きがとれる様になった者達が続々と郊外に逃げ始めている。

良くも悪くもスカラザルン帝国と長年敵対関係にあったが故の、備えだった。

とはいえ——

ぎゅうううおおおおおおおおおおおおおッ‼

超重揚陸戦艦が咆哮を放つ。

人が居ようと居まいとこのスカラザルン帝国の巨大兵器は、ヴァルデマル皇国の首都を徹底的に壊滅させる積りなのだろう。

破滅の具現。敵意の顕現。

そんなものに誰が立ち向かえるというのか。

しかも。


ぎゅううおおおおおおおおおおおおおおおッ‼


立て続けに吠えながら超重揚陸戦艦は、甲板前部を開く。

そこから現れたのは、砲身こそ短いが、信じがたい程に大口径の大砲だった。

ヴァラポラスをたった一撃で半壊させた兵器。

それが今度こそとどめを刺すと言わんばかりに姿を現したのだ。

「…………！」

「〜〜〜〜！」

積みあがった瓦礫の山の陰で。

地面に走る大きな亀裂の底で。

逃げ遅れた人々が、絶望の表情で超重揚陸戦艦を見つめる。

誰もが分かっているのだ。

もう逃げても間に合わない。

逃げても逃げ切れるものではない。

あんな砲撃をもう一度喰らえば、ヴァラポラスは無人の荒野と化すのは明らかで。

そしてそれを止める方法が——無い。

無いと誰もが思っていた。

だが——


——轟音。


遂に打ち出された二発目の砲弾。

黒い球体状のそれは——殆ど垂直に等しい仰角をとり、首都ヴァラポラスの空を覆う雲に穴を穿っていた。

真っすぐ狙うには近すぎるからだろう。

それはひどく縦長の弧を描いて空から——ほぼ垂直に落下してくる。

雲を再度突き破り、霧を押し除けて、地面に迫る破滅の黒球。

そして……

「──そもそも」

地面から赤い一線が迸る。

それは空中の砲弾を貫いたかと思うと、虚空で折れ曲がり、砲弾に絡みつき、更に幾重にも幾重にも砲弾を縛りあげた。

急速に砲弾の落下速度が落ちていく。

何かが焦げるかの様な音と共に、砲弾は空中を斜めに滑り落ちてゆき、やがて──爆発する事も無く、無力に地面へと転がっていた。

するりと赤い一線が抜けていく。

それはまるで糸を巻き戻すかの様に引いて……

「中身がリネットと同様の人間だというのなら、初速は大した事がない筈だ。着弾前に発射の衝撃で中身が死んでしまったら、爆弾としては意味が無いからな」

そこにジンが居た。

言うまでもなく赤い一線は彼の血戦魔剣術の応用だ。

細く細く限りなく細くした血の糸で砲弾を貫き、縛り、その上で砲弾内部で一部を膨らませ、抵抗を作って落下速度を殺したのである。

「初速が低い砲弾なんて、眼で見て捉える事も容易い」

と――ちょっとした料理のコツでも披露するかの様にジンの口調は何の気負いも帯びてはいないが。

「そ、そんな事出来るのジン先生だけだと思います……！」

ジンと背中合わせに立って魔導機剣と破魔剣を構えながらそう言うのはリネットだ。

「そうか？」

「そうです！」

そう言う彼女に向けて霧の中から〈コロモス〉が飛び出してきたのは次の瞬間である。

まさに砲弾にも等しい速度で、傲然と迫る青黒い獣の巨体。

魔剣士といえども、魔術は使えず、その爪と牙をまともに喰らえば瞬殺されるのは必至――なのだが。

「――〈炎刃〉ッ！」

燃え上がる彼女の魔導機剣は、〈コロモス〉の首をいとも簡単に刎ねていた。

投射する魔術と異なり、剣を加熱する〈炎刃〉は赤い霧の影響を受けにくい。ましてや今のリネットは――先にルーシャと対戦していた時にも見せた通り、尋常ならざる魔力を体内にため込んでいる。

赤い霧が魔術を解体するとしても。

リネットの膨大な魔力によって、解体されるよりも早く魔剣術が強引に発動し続ける。

発動した魔術によって生み出された高熱も剣に残り続ける。

しかも……元々内鍛系の魔術である〈覚殺〉によって内分泌系を調整し、膂力を上げ、感覚を鋭敏化させ、反射速度すら上がっている——そんな彼女にとって、分かり易い巨体をさらけ出して真っすぐに飛び掛かってくる魔獣を斬首するのは、そう難しい事でもない。

一体、二体、三体、四体。

ジンとリネットが剣を振る度に魔獣〈コロモス〉の死体がその周囲に積みあがっていく。

しかも——

「さあ——来い、もっと」

ジンは正面の——超重揚陸戦艦が生んだ〈コロモス〉の群れに対して手招きすらして見せる。

「一匹残らずかかってこい」

応、とばかりに殺到する二十頭あまりの魔獣達。

これを——ジンの血刃状態の〈影斬〉とリネットの赤く燃える魔導機剣〈霞斬〉が迎え撃つ。

血と炎、共に紅い刃が次々と魔獣を切り殺し、更にその屍が円を描く様に積みあがっていく。多くは急所たる首を裂かれ、あるいは頭部を落とされてゆく。

ジンは勿論、この一年修練に修練を重ねた上に内効魔術〈覚殺〉をも駆使したリネットの剣技も、尋常でない冴えを見せている。魔獣の雑で単純な動きでは、この二人の振るう剣の『絶対殺傷圏』に踏み込んだ途端、首を落とされ、額を割られ、あるいは頭蓋を貫かれて絶命するのみだ。

それを見て——の事でもないのだろうが。

ぎゅううおおおおおおおおおおおおおッ!!

超重揚陸戦艦が、まるで怒るかの様に、咆哮する。

いともたやすく家屋を踏み潰し蹴散らす、その山の如き鋼の巨体が迫ってくる。

だが——ジンは、そしてリネットも、その場を動こうとはしなかった。

●

艦橋にて、前方に立ちはだかるジン達を見下ろすアノニス。

『大賢者』はわずかに首を傾げて言った。

「なるほど、その技の冴え――返す返すも見事という他あるまい。弛まず研鑽を積み続けたと誇るのも当然」

淡々とアノニスはジンらの戦いぶりをそう評する。

そして――

「だが如何に優れていてもそれは個人の技、個人の力。この超大型改造魔獣の鋼と肉と――その膨大なる質量の前には所詮、巨獣の前の、蟷螂の斧」

アノニスは片手で操舵輪に触れながら言った。

「その程度の理も分からぬ驕りは滑稽だ。虫けらの如く踏みつぶされるが良い」

●

薄赤い霧を押しのけて鋼鉄の巨獣が迫る。

視界を埋め尽くさんとするその巨躯は、それを仰ぎ見る小さき者達に等しく絶望をもたらすだろう。まるで世界を相手にしているかの様に――己がいかに無力で卑小な存在なのかと思い知らされるのだ。

だが――

「――もういい。十分だ。――離れていろ」

慌てず。騒がず。恐れる様子すら無く。

ジンは――周囲に大量の〈コロモス〉の死骸を積み上げ、近づいてくる超重揚陸戦艦を見据えながら、傍らのリネットにそう告げた。

だが――

「――え？　私、邪魔ですか？」

とリネットは言う。

「そんなことは言ってない。危ないから離れてろと言っている」

アノニスがこだわっているのはジン――というよりガランドの血統だろう。

ならばリネットは――彼女が単独でこの場から離脱すれば、あの超重揚陸戦艦は追ってこない可能性が高い。

ジンは師匠として弟子の身を気遣ったつもりだったが。

「ジン先生の技を――間近で見せてください」

「…………」

一瞬、ジンは呆れて言葉に詰まった。

なるほど、確かに弟子ならば気にはなるだろう――この見るからに絶望的な局面でジンが、自分は逃げださずに何をするつもりなのかと。

既にリネットは一端の魔剣士なのだ。

かつて『無能』と謗られ詰られ、何をするにも他人の顔色を窺ってばかりだった、奴隷堕ち令嬢は、もうどこにもいない。ここにいるのはジンの一番弟子、ジンの理解者だ。その矜持を以て彼女はジンの傍らに立ち続ける事を選択しているのである。

「いいだろう。よく見ていろ」

ジンは短くため息をついて――その血刀を改めて構えた。

●

勿論――艦橋からも、血刀を構えるジンの姿は見えている。

だがこの期に及んで何をする積りか。

「魔力砲弾を止めたのには驚いたが」

やはり腕を組んだままアノニスの宿ったスカラザルン兵は言う。

「それだけではどうにもならん」

あれは単に自由落下状態の魔力砲弾の、炸裂(さくれつ)を止めただけだ。

砲弾を空中で破壊したわけでもないし、大きく減速はしたものの、落下そのものは阻止(そし)できていない。そもそも高高度から落ちてくる大型砲弾を受けて、止めるだけの力——これを個人の魔術で出すのは不可能だ。

ましてやその数千倍、いや数万倍の重量を持つ〈プローン〉号の、今なお加速を続ける突進(とっしん)をジン・ガランド個人が止められる筈も無い。

絶対にだ。それはもう誰(だれ)にも覆(くつがえ)せない事実である。

故に——

「さあ——今回は『魔王』の勝ちだな『異界の勇者』よ」

高揚(こうよう)も無く。落胆(らくたん)も無く。

ただ分かり切った計算結果を眺(なが)めるかの様にかつて『大賢者』『魔王』と呼ばれた者の残像は、超重揚陸戦艦をジン・ガランドに向けて突撃(とつげき)させる。

その視界を——赤い一線が縦に割ったのは、次の瞬間だった。

「——!?」

「……返してもらうぞ、ガランドの血」

ジンの呟きが地を這った。

同時に彼の足元から放射状に伸びた血の糸が、大量に積まれた〈コロモス〉の死体に突き刺さる。いや。違う。それは――魔獣が備える『器官』から赤い霧の源ともいうべき体液を吸い上げているのだ。

つまり――

「〈コロモス〉がミオ様の組織――骨髄やそれに類する造血細胞を組み込まれて、あの赤い魔術殺しの霧を吐いているならば、それはつまり、若様らと同じ血の霧という事になります」

同じ型の血であれば輸血も出来る。

混ざり合って――ジンの肉体の一部に成り得る。

それ即ち――

ぎゅううおおおおおおおおおおおおおッ!!

超重揚陸戦艦が、まるで怒るかの様に、咆哮する。

いともたやすく家屋を踏み潰（つぶ）し蹴散らす、その山の如き鋼の巨体（きょたい）が迫ってくる。

まるで山が動いて突っ込んでくるかの様な、異様な風景を前に、しかしジンはまるで動じず、右手を――〈影斬〉を握（にぎ）る右手を掲（かか）げた。

元より折れた半分を血で補っているその剣（けん）は、振（ふ）られた瞬間、まるで植物の枝葉の様に大きくしなる。

そして次の瞬間。

「――――ッ!!」

それは一気に伸（の）びた。

先に砲弾を血の糸で貫いた時と同様に。

ただし今度が違うのは――

「かつて『魔王』は『異界の勇者』に首を斬（き）られて死んだそうだが。今回は何処（どこ）が頭か分からないからな――」

それが糸ではなく。

何十、いや何百倍もの長さに拡張された——剣であった事だ。

勿論、ジン一人の血でこんな真似は出来ない。周りの〈コロモス〉や赤い霧から吸い上げた『ガランド の血』を用いて作られた、超巨大魔剣——いや、それは魔王討つ紅き聖剣と言うべきか。

「——真っ二つで勘弁してやろう」

そんな言葉と共に周囲の霧をも切り裂きながら、振り下ろされる血の超々長聖剣。

超振動を載せたその刃は、超重揚陸戦艦が自ら突っ込んできた勢いを利用し、いとも容易くその舳先に食い込んでいた。

粘土細工を糸で斬る様に。

超重揚陸戦艦が、その十本の脚を一斉に突っ張らせる。

止まろうとして——しかし既に勢いが乗っていて止まれない。動かすのに莫大な力を要する重く大きなもの程、一度動き始めてしまえば、今度は止める事も難しくなるのが、『慣性』という名の道理だ。

鋼鉄の巨獣はジンの巨大剣の前に己を差し出すかの如く、自らの力で己を切り裂いていく。もう止まらない。止められない。脅威そのものであった自らの重さと大きさが、今、

超重揚陸戦艦自身を滅ぼしていく。
火花を散らしながら鋼鉄の巨獣を切り裂いていく赤い巨剣。
そして――

ぎゅううおおおおおおおおおおおおおおッ!!

その咆哮は断末魔か。
やがて――
「…………」
超重揚陸戦艦がジンらの頭上を通り過ぎる。
一歩。二歩。三歩。
十本の脚が急に勢いを失って、ふらふらと地面を噛んで。
次の瞬間、その巨体は――ゆっくりと左右に開き倒れていった。

●

轟音と衝撃が広がっていく。

霧の向こうで超重揚陸戦艦の巨影が、左右に分かれて倒れるのを、ミラベルらは呆然と見守っていた。

「なんて……出鱈目な……」

とヴァネッサが漏らすのも当然。

まるで質の悪い冗談の様な光景だった。

「そういったですよ。若様はそういう人だと」

と一人だけ平然としているのはユリシアである。

なるほど、ジンにこれだけの事が出来ると知っているのなら、心配などする必要が無かろう。

「……なるほど」

と呟くミラベルの声は溜息が交じっていた。

「あれが『魔王』を討った『異界の勇者』――その正しき後継という訳ね……」

「いいえ？」

とユリシアは言った。

ジンらが居るであろう場所を、何処か誇らしげな笑顔で見つめながら――

「後継などという生易しいものではありますまい。若様は『異界の勇者』を祖先に持ちながら、それを超えた存在ですよ」

「…………」

ミラベルは束の間、ヴァネッサと顔を見合わせて。

「……こんな小姑がいるんだから、リネットも苦労しそうね」

「あー……本当にねえ」

「小姑って誰の事です⁉」

揃ってため息をつく二人に、ぶんぶんと両手を振りながらユリシアは抗議した。

終章

かぁん……かぁん……かぁん……

――晴れ渡る空の下。

ヴァラポラスのそこかしこで槌打つ響きが聞こえてくる。

言うまでもなく先日の『陸歩く海賊船』の侵入によって、破壊された街並みを再建しているのだ。

倒壊を免れた建物は、補強工事に、完全に瓦礫と化した建物は、その撤去作業に、人々は忙殺されている。

勿論、家族や友人、知己を失った人間は数知れず、途方に暮れて、ただ、再建中の街をぼんやりと眺める者も少なくないが――再建作業に従事している人間の表情は、総じて明るめだ。

彼等は知っている。

絶望というものが意外と簡単にひっくり返される事を。

奇跡というものが本当にこの世にはあるのだという事を。

子細はそれこそ、あの日の霧の中……騒動の顛末を、真実を、語れる人間はあまりいない。だが誰が流したのか、『たった一人の勇者があの怪物じみた海賊船を一刀両断にした』という言説は、半ば御伽噺として人々の間に広まっていた。

「……リネットなんか居なかった事になってるでしょ」

「まあ別に私は……魔獣をやっつけるお手伝いはしたけど、ジン先生、一人でもできただろうし」

未だあちこちに瓦礫が散らばる街の通りを、二人の少女が会話しながら歩いていく。

共に腰には魔導機杖ではなく、左右に剣を提げているが——更にその両腕が抱えるのは、大き目の紙袋だ。

中からパンだの大振りの腸詰肉だのが見えてる事からして、食料関係の買い出しの帰りだろうか。

武装して買い物というのも何やら物々しいが、先日の騒動を思えばそうおかしな事でもあるまい。実際、周囲の人々は少女達二人に殊更に眼を留めてはいない。

「ああ。私も一緒に行けてれば……」

「だから、その、ごめん」

「別にリネットを責めてる訳じゃなくてね？」

などと少女達は楽し気に会話を続けながら、歩いていく。

彼女等の表情はどちらも明るく、屈託が無い。

それだけを見れば、この二人が今や軍にも騎士団にも、何十人、何百人もの信奉者が居る魔剣士であるとは信じがたいだろう。

そして――

「というか、傷の方は――あ」

ふと少女の片方が足を止める。

「どうしたの、リネット？　……ああ」

ともう一人の少女も足を止めて、先の――金髪の少女の足元へと視線を向ける。

そこには亀裂の入った白い仮面が転がっていた。

それこそ……別に珍しいものではない。

先日はこれを被った無法者達が、何百人とこのヴァラポラスを徘徊していたからだ。

彼等がスカラザルン兵だというのはヴァラポラス内の住人の間では共通認識になっていたが、当のスカラザルン帝国は先日の『歩く海賊船』騒動について、関与を否定している。

改めて全面戦争に入りたい訳ではないヴァルデマル皇国も、強くスカラザルン帝国の『公式見解』を否定できず、被害(ひがい)の大きさに比して、真相の追究は曖昧(あいまい)になってしまっていた。

「そんなのどうでもいいから。急ぎましょう」

「うん。そうだね」

と少女達は頷(うなず)き合って少し足を速め、その場を立ち去っていく。

そして――

「…………」

路地からふらふらと出てきた一人の子供が、その仮面を拾った。

その男児は不思議そうに何度か仮面を裏返したりして眺めていたが、やがて『いいものを拾った』とでもいうかの様に、それをしっかりと胸に抱(だ)きしめて、再び路地へと戻(もど)っていく。

それを見とがめる者は――特に居なかった。

●

「戻りました！」

リネットの声がガランド邸に響く。

ルーシャと共に、返事を待つまでもなく、彼女は玄関広間からそのまま廊下を通って奥の厨房へと向かう。あちこち傷んで修繕もままならぬものの、往年の権勢を示してか、やたら広さだけはあるガランド邸の中を、少女達はすたすたと進んでいった。

やがて――

「おかえりなさい」

と厨房の手前、広間にて二人を迎えたのは、車椅子に座った一人の若い娘だった。

長い黒髪と、ぱっちりと開いた円らな瞳が、実年齢よりも何処か幼い雰囲気を醸し出す。

その一方で服の上からでも分かる、豊かな胸や、すらりと伸びた手足は、彼女が既に成人済みの大人である事を示していた。

ミオ・ガランド。

ジン・ガランドの姉にして魔剣術の師――ジンが暗殺業の傍らでその行方を追っていた人物である。

諸々あってスカラザルンの賢者アノニスに囚われ、傀儡とされていたが、十年以上振りに自分を取り戻し、晴れて弟の所に戻ってきたのだった。

「お姉様――」

「今日は大丈夫なんですか？」

とリネットとルーシャが声を掛けると、ミオはのんびりした笑顔で頷いた。

「今日は随分と調子がいいの。未だ歩き回るのは、難しいけど」

と言った。

何年も長期間にわたってアノニスの傀儡として使われていたせいで、ミオは自我を取り戻した後も、身体の調子があまり優れないのだ。

歩けない訳ではない。

だが何かの拍子に簡単に転んでしまう。これで頭を固いもので強打しようものなら、命に関わる場合もある。だから大事をとって車椅子に座っている様に、とジンやユリシアに言われているらしい。

もっとも――この不調は治らないものではないらしく、何年かかけて気長に治療していく、という事になっていた。

「そうですか。でも何かあったら遠慮なく言ってください」

とリネットは言う。

「ああっ――ありがとうね」

とミオは嬉しそうに言う。

実のところ――ジンの師匠、暗殺者、そしてアノニスの傀儡だった、という事前の情報から、なんとなくリネットはミオについて、当たりがきつい感じの女性を想像していたのだが。

いざ顔を合わせてみると、本当になんというか、緩い。

あるいはこれは、長い傀儡状態からようやく脱したが故の、少し寝ぼけている様な状態だからかもしれないのだが。

そして――

「――姉上！」

と厨房の方から出てきたのはジンである。

いつもの黒い衣装ではなく、今は白い前掛けをしていて、右手に剣ではなく小鍋を持っているので実に所帯じみた感じだ。

まあこのジンを見れば……今はおっとりした優しい印象のミオも『仕事』となると一転して別の顔を見せてもおかしくない。

そんな風にリネットは思った。

「なに？　ジン」

「……もうこちらの手伝いはいいですから、中庭に出ていてください。そもそも主賓はもっと鷹揚にしていていいんです」

とジンが言う。

それから彼はミオ越しにリネットらに眼を向けて。

「リネット、ルーシャもおかえり。お使い、ご苦労」

「はい！　頼まれてたものです！」

とリネットはルーシャと共に紙袋をジンに示す。

「分かった、厨房の他の子に渡して、君等は姉上を――」

「いえ、私は厨房へ」

とリネットは言う。

「ガランド邸の食事番としては、何もかも他の子に任せておいては、その、面目が立たないというか……！」

「面目ね……」

とジンは苦笑すると、ルーシャの方に言った。

「すまない、姉上を頼んで良いか」

「はい、ジン先生」

笑顔で応じると、ルーシャはミオの車椅子の後ろに回った。

●

中庭には——既にミラベルやヴァネッサ、ユリシアの姿も在った。

ユリシアは出した円卓の上に布を敷いたり、花瓶を飾ったりしているが、ミラベルやヴァネッサは招かれた側なので、あちこちに置かれた椅子に座って談笑している。

もう少ししたら、サマラやウェブリン女学院の学院長や、杖剣術を習っている生徒達もやってくるだろう。

さすがにデイヴィッド第二皇太子は来たがっても近衛騎士団が止めた様だが。

「来月にも、軍で魔剣術兵部隊の正式発足が始まるみたいね」

「え？　もうそんな事に？」

「元から根回しはしていたのだけれど、先日の『騒動』が決定打になったみたい」

と言ってミラベルは肩を竦める。

「益々周りに人が群がるわね……」

とヴァネッサは腕を組んで唸った。

「正妻はまあ無理としても、こう、愛人として侍るなら、競合相手の少ない今の内に既成事実を――」

「未だ諦めてなかったの？」

と呆れた様子で問うミラベル。

「や、だってなかなか、学校の保健教諭の給料だけでは、将来に不安がね？」

「うーん……私もアルタモンド子爵家令嬢としては、ガランド侯に嫁ぐのも、なしではないわね？」

………等々。

微妙に聞き捨てならない事を言っている二人の横を、口を出したいのを堪えつつ、車椅子を押して通り過ぎるルーシャ。

だが――

「ルーシャちゃん」

「あ、はい、なんでしょう？」

ミオに声を掛けられてルーシャは首を傾げる。

「ジンは、あのお二人とお付き合いしているの？」

「あー……いえ、その、あのお二人は虚言癖が――あ、いえ、その冗談がお好きと言うかですね」

と慌てて〈あわ〉ルーシャが言葉を取り繕う〈つくろ〉のを、ミオはしばらく眺めていたが。

「そっかぁ」

「え、何がそっかぁ、なんですか、お姉様？」

「リネットちゃんも可愛い〈かわい〉けど、ルーシャちゃんみたいな義妹〈ぎまい〉なら、私、大歓迎〈だいかんげい〉よ。貴族は血統維持〈いじ〉の意味から、正妻と第二夫人まで娶る〈めと〉のは珍しく〈めずら〉ないし――」

「義妹――え？」

その意味に気づいてルーシャが硬直〈こうちょく〉していると、屋敷〈やしき〉から料理と酒瓶〈さかびん〉、それに御茶〈おちゃ〉の急須〈ポット〉を載せ〈の〉た移動台〈ワゴン〉を押して、ジンや、リネット、それにアリエルらが出てきた。

「はいはい、若様、今日は若様も主賓なんですから、さっさと前掛け外して椅子に座るのです」

「分かってるよ」

ユリシアに促され〈うなが〉ながらジンは手近にあった椅子を持って、ミオの方に歩み寄る。

そこに丁度、学院長らもやってきた。

生徒達は皆、花束や祝いの飾りを手にしている。未だ復興しきっていないヴァラポラスでは花一本を手に入れるのも難儀〈なんぎ〉するであろうに、あちこち駆け〈か〉ずり回って集めてきたのだろう。

そして――

「――では」

全員が揃ったところで、ユリシアが一同を見回す。

「皆さま御集りいただき、感謝なのです。この度は若様の御生還、いえ凱旋と、姉上様の――ミオ様の御帰還、めでたい事この上なし、という事で皆でこれを祝おう、そして皆さまのご助力に大々感謝、という趣旨なのです」

ユリシアが盃を掲げるのに合わせて、皆もそれぞれの盃を掲げる。

「では――乾杯を」

「何に対して？」

と尋ねるのはヴァネッサだ。

一瞬、ユリシアは首を傾げて――

「異界から来た勇者の末裔達に」

と言った。

「…………」

顔を見合わせるジンとミオ。

　二人のガランド家の人間をちらりと一瞥してから――

「その血が末永く我が国の守護神たりえん事を」

　そう続けたのは、ミラベルだった。

「守護神――」

　そう呟くジンの表情には何か戸惑う様な揺らぎがあった。

「――乾杯！」

「乾杯！」

　ユリシアの声に皆が唱和する。

　その後は――皆が好き勝手に出された食事をつまんだり、御茶を飲んだり、ヨランダが興味本位で酒瓶に手を伸ばして、クラーラに止められたり。

　朗らかで和やかな空気の中、ジンも普段よりも緩んだ表情でリネットの作った鶏肉の柔らか揚げをつまんでいる。彼に大皿から料理を取り分けて甲斐甲斐しく渡しているのは、リネットだった。

　そんな様子を見て――

「血統を末永く維持するという意味では、そろそろ若様には身を固めていただかないと、私も気が気ではないのですが」

「………今する話か、それ？」

唐突にそんな事を言い出したユリシアを――ジンは眉をひそめて振り返る。

だがそこに追い打ちをかけるかの様に、横からミオが首を傾げて彼の顔を覗き込んできた。

「ねえジン、結局、ジンはどの子と付き合ってるの？」

「いや、ですから姉上――」

「あ、私は婚約してますんで。前に職場で押し倒されて」

「しれっと法螺を吹くな」

手を挙げてそう申告してくるヴァネッサにそう言うジンだが――それに刺激されたのか何なのか、ジンの言葉に被る様にして、焦りの表情を浮かべたリネットが爆弾発言をかましてきた。

「あの、あの、はい、はい、えっと、私、一緒に寝てます！」

一瞬、静まり返る一同。

そして――

「ちょっ……リネット!?」

驚愕の表情を浮かべるルーシャやアリエルら。

「いつの間にそんな――」

「い……一年前からずっとなんだから……！」

「え？　復学当時からなの⁉」

などと生徒達がリネットを囲んで質問攻めにしている。

その様子を見て学院長は溜息をついているが――

「それを言えば私は何年か前に若様に求婚された事あるですよ？」

などとユリシアが言い出して。

更に――

「え？　ユリシアさん？　初耳――」

「そういえば戦艦の中でジン先生に強く抱き締められたってルーシャ言ってなかった？

ひょっとして極限状況下で――」

「あ、あれは……‼」

……などと、わちゃわちゃ、きゃいきゃいと、当事者のジンそっちのけで騒ぎ始める女性陣を前に、ジンは片手で顔を覆っていた。

どれもこれもが――ヴァネッサの婚約云々をのぞけば、事実としては正しいというか、『嘘を言っている訳ではない』のがややこしさに拍車をかけている。

で――

「――それで？　ジン、姉上には誰が一番か教えてくれるわよね？」

にこにこと笑顔で訊いてくるミオ。

明らかに面白がっている。

「……いや、勘弁してくれ」

長い溜息の末にジンはそう言って。

しかし――〈影斬〉と呼ばれた暗殺貴族のその横顔は、どこか楽し気に緩んでいた。

あとがき

どうも、物語屋の榊です。

『絶対魔剣』の三巻をおおくりいたします。

一巻二巻よりも少し間が開いてしまい、お待ちいただいた方々には申し訳ありません。

とりあえず暗殺貴族と奴隷堕ち令嬢の双戦舞曲、ジンのお姉さん案件にカタがついて一区切りの巻にございまする。

以下、本巻の内容に絡みますので未読の方はご注意ください。

いやまあ……

一区切りと言っても、問題のスカラザルン帝国、というよりかの地の『魔王』は完全に死んでないし、ジンとリネットの物語も、これから先は長い筈ではありますが（そもそも誰がガランド侯爵夫人になるのかも未定だし）。

一巻から振っていた（そもそもジンとリネットが出会い共に暮らす事になった切っ掛けとも言うべき）ミオのネタをやりきった事で、とりあえず私は満足です。
昨今、何も解決しないまま一巻打ち切りも珍しくないしね！（血涙）
ぶっちゃけ、素のままのミオを描く場面が殆どなかったので、私の中でも彼女のイメージは固まり切っていないのですが、なんとなくジンの周りに居なかったという意味ではほんわかおっとりな癒し系お姉ちゃんをイメージしておりました（暗殺者ですけど）。
朝日川先生のミオ（というかアノニス）は、毎度の事ながら細部に手を抜く事も無い、素晴らしいデザインですが――きっつい系の女軍人って感じなので（作中でのアノニスの描かれ方からすれば当たり前ですが）余計にこう、そこから『崩して』みたくなるというか（笑）
さて――
四巻以降が出るか出ないかは三巻を含めた売れ行きに左右されるので未だ未知数でありますが、本巻が出た頃にはもうコミック版が世に出ている筈ですので、そちらもご覧いただければ幸い。

というか現状で既にネームは何話か拝見させていただいていますが、本当に上手い描かれ方をしているので、毎回、感動しております。

二十何年ラノベ書きをしてきて、コミカライズも何度となく経験していますが（そして殆どの漫画家さんには丁寧な仕事をしていただいていますが）、その中でも屈指の出来であると確信しております。

私の書くファンタジーは、割と世界観的に独自設定が多いので、実は漫画にするとなると意外にデザインすべき事が多いのです。

建物を含めた風景から、そこを行きかう人々の衣装や、車、各場面に出てくる小道具まで、オリジナルのファンタジー世界では、コマを一つ描くだけでも考える事が多い。

特にこの『絶対魔剣』の様な、いわゆるシティ・アドヴェンチャー（街中を舞台にした冒険譚）は、そうしたデザイン作業が多い。

読者の想像力にあまりがっつり枷を嵌めてしまうとそれはそれで読みにくいので、小説では描写せずに済む部分は描写していませんし（例えばガランド邸が何階建てだとか）。

でもって――それはサブキャラにも言えて。

学院長や、二巻で出てきたデイヴィッド皇太子の警護をしていた四人娘（アリエル、ヨランダ、クラーラ、ローレル）は、容姿の描写も無かったですし、朝日川先生もデザインを起こしておられないのですが、漫画版では当然の様に描かれますし。

なので、本巻でも四人娘に関しては漫画版デザインに留意して書きましたですよ。

学院長もなんというか、本当に『ああ、そうそうこんな感じこんな感じ！』というものにあがっておりまして、一人喜んでおりました。

漫画を担当してくださる山内先生には大感謝でありまする。

ではでは、読者の皆様には、次は四巻か、もしくは別の本で、お会いしましょう。

２０２３／０３／０９　榊一郎

絶対魔剣の双戦舞曲（デュエリスト）3 ～暗殺貴族が奴隷令嬢を育成したら、魔術殺しの究極魔剣士に育ってしまったんだが～

2023年4月1日　初版発行

著者――榊 一郎

発行者―松下大介
発行所―株式会社ホビージャパン

〒151-0053
東京都渋谷区代々木2-15-8
電話　03(5304)7604（編集）
　　　03(5304)9112（営業）

印刷所――大日本印刷株式会社

装丁――小沼早苗（Gibbon）／株式会社エストール

Printed in Japan

ISBN978-4-7986-3145-5　C0193

剣聖女アデルのやり直し 1
～過去に戻った最強剣聖、姫を救うために聖女となる～

著者／ハヤケン
イラスト／うなぽっぽ

「英雄王」著者が贈る、もう一つの最強TS美少女ファンタジー！

大戦の英雄である盲目の剣聖アデル。彼は守り切れず死んでしまった主君である姫のことを心から悔いていた。そんなアデルは神獣の導きにより、過去の時代へ遡ることが叶うが——何故かその姿は美少女になっていて!?世界唯一の剣聖女が無双する、過去改変×最強TSファンタジー開幕!!

孤高の女神様が俺にだけベタ甘なポンコツに!?

クールな女神様と一緒に住んだら、甘やかしすぎてポンコツにしてしまった件について

著者／軽井 広　イラスト／黒兎ゆう

傷心中の高校生・晴人は、とある事情で家出してきた「氷の女神」とあだ名される孤高な美少女・玲衣と同棲することに。他人を信頼できない玲衣を甲斐甲斐しく世話するうちに、次第に彼女は晴人にだけ心を開いて甘えたがりな素顔を見せるようになっていき—

シリーズ既刊好評発売中

クールな女神様と一緒に住んだら、
甘やかしすぎてポンコツにしてしまった件について 1〜2

最新巻 クールな女神様と一緒に住んだら、甘やかしすぎてポンコツにしてしまった件について 3

HJ文庫毎月1日発売　発行：株式会社ホビージャパン

大学四年生⇒高校入学直前にタイムリープ!?

灰原くんの強くて青春ニューゲーム

著者／雨宮和希　イラスト／吟

高校デビューに失敗し、灰色の高校時代を経て大学四年生となった青年・灰原夏希。そんな彼はある日唐突に七年前──高校入学直前までタイムリープしてしまい!?　無自覚ハイスペックな青年が２度目の高校生活をリアルにやり直す、青春タイムリープ×強くてニューゲーム学園ラブコメ！

シリーズ既刊好評発売中

灰原くんの強くて青春ニューゲーム　1〜3

最新巻　灰原くんの強くて青春ニューゲーム　4

HJ文庫毎月１日発売　　発行：株式会社ホビージャパン